Ce livre appartient à :
Marc-Antoine Fournier

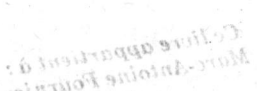

L'APPEL DE LA MER

DYNAH PSYCHÉ

L'APPEL DE LA MER

ÉDITIONS
MICHEL
QUINTIN

Catalogage avant publication de Bibliothèque et Archives nationales du Québec et Bibliothèque et Archives Canada

Psyché, Dynah, 1955-

   L'appel de la mer

   (Gaïg ; 3)
   Pour les jeunes.

   ISBN 978-2-89435-355-4

   I. Titre.

PS8631.S82A86 2007   jC843'.6   C2007-941800-7
PS9631.S82A86 2007

Illustration de la page couverture : Boris Stoilov
Illustration de la carte : Mathieu Girard

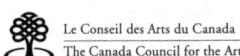 

La publication de cet ouvrage a été réalisée grâce au soutien financier du Conseil des Arts du Canada et de la SODEC.

De plus, les Éditions Michel Quintin bénéficient de l'aide financière du gouvernement du Canada par l'entremise du Programme d'aide au développement de l'industrie de l'édition (PADIÉ) pour leurs activités d'édition.

Gouvernement du Québec – Programme de crédit d'impôt pour l'édition de livres – Gestion SODEC

Tous droits de traduction et d'adaptation réservés pour tous les pays. Toute reproduction d'un extrait quelconque de ce livre, par procédé mécanique ou électronique, y compris la microreproduction, est strictement interdite sans l'autorisation écrite de l'éditeur.

ISBN 978 2-89435-355-4

Dépôt légal - Bibliothèque et Archives nationales du Québec, 2007
Dépôt légal - Bibliothèque et Archives Canada, 2007

© Copyright 2007

Éditions Michel Quintin
C.P. 340, Waterloo (Québec)
Canada J0E 2N0
Tél.:   450 539-3774
Téléc.: 450 539-4905
www.editionsmichelquintin.ca

0 7 - G A - 1

Imprimé au Canada

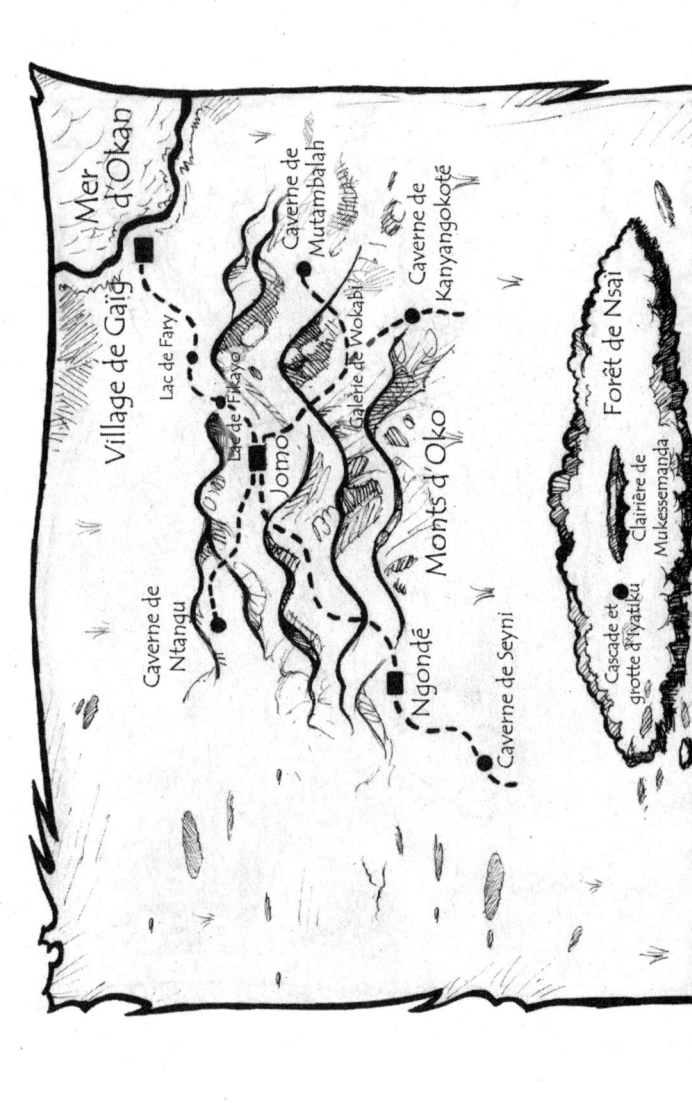

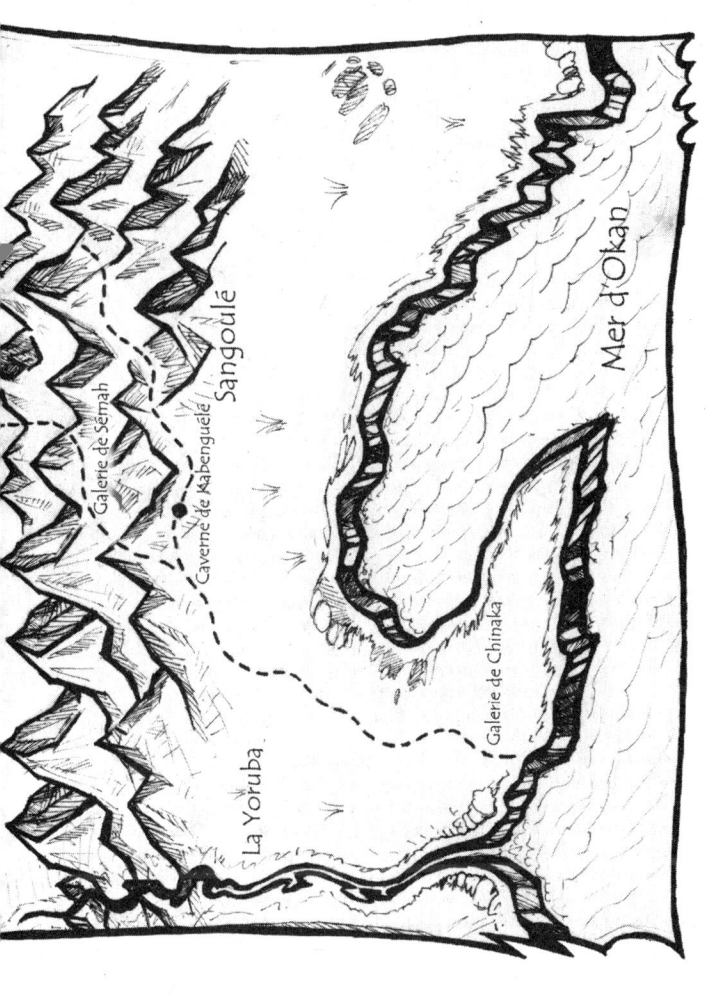

PROLOGUE

Alors qu'elle n'était qu'un bébé nouveau-né, Gaïg, qui a maintenant dix ans, a été trouvée sur une plage par la Naine Nihassah, qui l'a confiée à un couple, Garin et Jéhanne, pour l'élever.

Gaïg, rejetée de tous, est excédée par une vie sans joie et a parfois envie de quitter le village. Elle ressent une attirance irrésistible pour la mer, dans laquelle elle passe la plupart de son temps libre. Sa seule consolatrice est Nihassah, qui l'entoure d'affection et l'exhorte à la patience.

Contrainte de fuir Garin, Gaïg se retrouve prisonnière sous terre avec Nihassah, blessée et immobilisée à la suite d'un affaissement de terrain. Elle doit alors entreprendre toute seule une longue expédition en empruntant les galeries souterraines creusées par le peuple des Nains, afin d'aller chercher du secours.

Au cours de ce périple, Gaïg rencontre des créatures aquatiques malfaisantes, les Vodianoïs, dont le venin est généralement fatal. Gaïg, mordue, arrive de justesse au village de Nihassah. Tandis qu'une équipe de Nains se porte au secours de Nihassah, un autre groupe se dévoue pour accompagner Gaïg chez les Licornes, seules créatures capables de neutraliser le venin des Vodianoïs.

Gaïg entre alors dans le monde fabuleux de la forêt de Nsaï, dont elle ignorait l'existence. Elle fait la connaissance de la Dryade Winifrid et de son chêne Walig, du Pookah Loki qui s'amuse à lui jouer des tours, et des Licornes qui, après l'avoir soignée, préconisent ensuite une cautérisation de sa plaie par les Salamandars.

Pendant ce temps, les Nains se portent au secours de Nihassah, mais doivent ensuite fuir leur village pour se rapprocher de la surface à cause des tremblements de terre. Le volcanisme se propageant maintenant aux monts d'Oko, ils se retrouvent confrontés à cette très ancienne prophétie perdue dans la nuit des temps.

La Déesse Magnifique était alors apparue aux cinq grands prêtres de la confrérie des Nains et elle leur avait annoncé qu'une descendante de Yémanjah, la *Mère-dont-les-enfants-*

sont-des-poissons, mettrait au monde une fille pour guider les Nains au moment du Grand Exode vers la terre qu'elle leur réservait. Sangoulé, le pays béni, deviendrait le territoire du Feu, et des enfants du Feu.

Au cours d'un entretien avec le grand prêtre WaNguira, Nihassah avoue qu'elle a reçu de Yémanjah elle-même la mission de veiller sur Gaïg, qui est bien la descendante annoncée par la prophétie. Ce que Gaïg doit ignorer, cependant.

De son côté, c'est en cherchant les Salamandars que Gaïg se voit confier Txabi, un bébé salamandar dont elle devra prendre soin jusqu'à ce qu'il atteigne l'âge adulte. Gaïg se retrouve une fois de plus prisonnière sous terre à cause d'un éboulement, cette fois en compagnie de Winifrid, Loki, Txabi, et Dikélédi, une jeune Naine de son âge.

1

La discussion durait depuis un moment déjà. Non parce que les Nains n'étaient pas d'accord et remettaient en question les dires de WaNguira et de Nihassah, mais parce que les décisions à prendre revêtaient une telle importance qu'elles méritaient qu'on leur accorde du temps et de la réflexion. De plus, les Nains n'étaient pas des gens d'un naturel pressé.

Que Gaïg soit la descendante de Yémanjah, celle qui avait pour mission de guider le peuple des Nains vers la terre promise par Mama Mandombé, cela ne faisait aucun doute. Et s'il était resté une dernière incertitude, la bague en Nyanga qu'elle portait au doigt l'aurait levée. Mais que faire avec une envoyée des dieux qui devait ignorer sa propre identité et la mission dont elle avait été investie? Une certaine perplexité régnait, composée d'interrogations mais aussi d'espérances.

Les Nains éprouvaient soudain une affection respectueuse pour Nihassah, celle des leurs qui l'avait reconnue avant les autres, et qui avait su garder le secret pendant toutes ces années. Mukutu, d'habitude si prompt à émettre une opinion avec ses « M'est avis que… », ne soufflait mot et se contentait de jeter sur Nihassah des regards qu'il s'imaginait discrets.

Dire qu'il avait cru connaître sa fille! Certes, elle l'avait parfois étonné dans le passé avec sa ténacité proche de l'obstination et de la rébellion. Mais elle avait de qui tenir au fond… Il s'était toujours senti un peu fier de sa persévérance acharnée à défendre ses idées et ses choix. Il fallait un certain courage, après tout, pour faire preuve d'entêtement! Surtout face à lui! Or Nihassah avait prouvé la fermeté de ses décisions quand elle avait résolu de s'installer dans ce village perdu de la côte, toute seule parmi les Créatures, ces Humains à la taille démesurée avec lesquels il arrivait aux Nains de commercer…

Mukutu hochait la tête, perdu dans un songe qui le ramenait des années en arrière auprès de Batuuli, sa compagne, la mère de Nihassah. Il ne s'était jamais vraiment remis de sa disparition prématurée, et si Matilah ne s'était pas trouvée là pour prendre soin de l'enfant les premiers temps, il ignorait ce qu'il serait advenu d'elle.

Par la suite, il avait repris en main l'éducation de Nihassah et avait tenté maladroitement d'en faire une Naine « accomplie », sans trop savoir ce qu'il mettait derrière ces mots. Comme les Nains ne faisaient pas de différence entre les sexes, il lui était difficile de savoir s'il élevait sa fille correctement : il avait parfois douté de son enseignement quand Nihassah faisait preuve de caractère et se montrait tenace, mais il n'était écrit nulle part dans l'esprit de Mukutu que la docilité était une qualité.

Avec une placidité bornée, digne en cela de la détermination de la fillette, il lui avait transmis ce qu'il savait, espérant vainement une soumission dépourvue de questions gênantes. Les petites oppositions des débuts avaient été faciles à gérer, mais au fur et à mesure que sa fille grandissait, il avait dû faire appel à des techniques d'argumentation qui lui donnaient « mal aux cheveux », disait-il.

Depuis un moment, Mukutu, toujours silencieux, ne quittait plus Nihassah du regard : il devenait la risée de ses compagnons, qui se donnaient des coups de coude en gloussant d'aise. Nihassah, devinant les pensées qui agitaient l'esprit de son père, se taisait, un sourire affectueux et amusé sur les lèvres. Ce fut Babah qui ramena le rêveur à la réalité en se moquant ouvertement de lui :

— M'est avis qu'notre ami Mukutu est surpris par c'qu'il a engendré… Visiblement, il n'en revient pas! Pas croyable, hein, le Nain, qu'elle soit ta fille!

Mukutu, pris en flagrant délit, sursauta, grogna, toussa, s'épousseta, se racla la gorge, et, pour finir, fusilla Babah du regard, au milieu de l'hilarité générale. Il tenta de retrouver un peu de dignité en redevenant le chef :

— M'est avis qu'on d'vrait r'joindre ceux d'Ngondé par l'extérieur : se sont p't-être réfugiés …

Les Nains s'esclaffèrent, tandis que WaNguira l'interrompait posément :

— … à Seyni. C'est ce qu'on vient de dire, Mukutu.

Ce dernier ne se démonta pas :

— Alors m'est avis qu'on peut app'ler à un rassembl'ment général d'tous les Nains…

— Quelle excellente idée! approuva Babah, souriant.

— On peut aussi envoyer des messagers pour convoquer seul'ment les grands prêtres…

— Bravo! continua Babah, railleur.

— M'est avis qu'il faudrait aussi r'trouver la p'tite…

— Quelle intelligence! s'extasia Babah, plus goguenard que jamais. Ce n'est pas un hasard, si c'est lui le chef!

Mukutu comprit enfin qu'on se moquait de lui : perdu dans sa rêverie au sujet de Nihassah, il n'avait pas écouté les échanges verbaux de ses compagnons et il ne faisait que répéter ce qui venait d'être dit. Vexé, il haussa les épaules et se tut, au milieu des rires qui continuaient.

Babah lui donna une claque affectueuse sur l'épaule. Mukutu était son plus vieil ami, et la plaisanterie faisait partie intégrante de leur relation amicale, telle une sauvegarde pour ne pas prendre la vie trop au sérieux.

Les conversations avaient repris et les commentaires allaient bon train. Les Nains posaient à tour de rôle les mêmes questions à Nihassah, qui répétait inlassablement son histoire, n'omettant jamais d'ajouter : « Il faudrait la retrouver maintenant ». Son désir de retrouver Gaïg n'était pas seulement dû à la réalisation de la prophétie : elle avait éprouvé dès le premier jour une affection toute maternelle pour ce bébé, cadeau des eaux.

Au fil des ans, elle avait effectué quelques recherches, en posant autour d'elle des questions apparemment innocentes sur les vieilles légendes qui couraient le monde. Les Sirènes en faisaient partie : beaucoup de personnes ne croyaient même pas à leur véritable existence.

La réflexion de Nihassah l'avait menée à la conclusion que la forme humaine de Gaïg, née d'une Sirène, lui venait de l'Homme qui avait dû être son père. Il arrivait en effet que l'union d'une Sirène et d'un Humain porte ses fruits : l'enfant à moitié Humain naissait alors avec des jambes.

Nihassah se souvenait nettement des visions qu'Olokun lui avait envoyées au lac de Fikayo, ces tableaux liquides représentant un monde sous-marin essentiellement féminin où elle avait remarqué la présence d'un Homme au visage rêveur et triste. Elle se rappelait également la présence d'une Sirène mâle au regard dur et fier, rempli de froide colère. Il ne faisait aucun doute pour elle que l'Homme était le père de Gaïg, mais elle n'avait pas résolu le mystère de la Sirène mâle. Peut-être un rival évincé, qui n'avait pas pardonné... S'en était sans doute suivi un de ces drames du cœur, dont Gaïg avait été une des victimes, puisque sa mère était morte...

Gaïg avait également hérité de sa mère, à en juger par la relation étroite qu'elle entretenait avec la mer. Bien que n'ayant jamais appris à nager, elle avait conquis petit à petit ce monde sous-marin totalement étranger à Nihassah, à qui elle racontait des histoires apparemment issues de son imagination. La Naine les savait vraies, même si elle faisait parfois semblant de les mettre en doute afin de préserver Gaïg. Il lui semblait préférable, de façon totalement intuitive, de lui inculquer de solides valeurs terriennes pour la protéger.

Mais Nihassah était consciente qu'au bout d'un moment la mer manquerait à Gaïg et elle s'inquiétait de ce long séjour dans les terres, même chez les Licornes. Encore que... On pouvait supposer que ces dernières, avec la connaissance authentique et plusieurs fois millénaire qu'elles avaient du monde, feraient le nécessaire pour que tout se déroule comme l'annonçait la prophétie.

Nihassah sentit un fourmillement entre ses sourcils et chercha WaNguira du regard. Elle s'était toujours doutée que le grand prêtre avait la possibilité de pénétrer dans l'esprit de ses semblables afin de lire leurs pensées, mais elle n'en avait jamais été certaine, et tout compte fait, elle préférait cette incertitude, qui lui laissait la liberté de cogiter à sa guise. Mais le doute qui planait encore fut levé quand elle entendit WaNguira lui adresser la parole dans sa tête, sans bouger les lèvres : « Ne te fais pas tant de souci, Nihassah. Gaïg est en sécurité chez les Licornes et nous irons l'y chercher.

Mais il nous faut d'abord rejoindre les autres à la caverne de Seyni. »

Nihassah, la première surprise passée, s'essaya aussitôt à la transmission de pensée :

« Alors qu'attend-on pour partir? » lança-t-elle à tout hasard.

« Bravo! » répondit WaNguira, avec un discret sourire approbateur. « Ce n'est pas très difficile, même si ce n'est pas donné à tout le monde. Tu as réussi! Et c'est parfois bien pratique pour communiquer… »

« Il y en a beaucoup parmi nous, qui peuvent le faire? » s'étonna Nihassah.

« Pas tant que ça. C'est même assez rare. Il faut établir le contact avec un interlocuteur. Mais cela n'ouvre pas la porte à tous les autres. Le lien se crée exclusivement entre deux individus consentants. Il peut aussi ne jamais se créer. »

« Mais toi, tu peux avec tout le monde, non? »

— Hé bien, maintenant que c'est décidé, si on y allait? fut la réponse à voix haute de WaNguira, qui se leva. Nihassah, encore éberluée par ce qui venait de se passer, n'insista pas.

— Combien de temps la galerie de Wokabi restera-t-elle obstruée par la glace? demanda Keyah au grand prêtre.

— Le temps qu'il faudra. Mais nous n'avons actuellement aucune raison de nous attarder ici. À Seyni, nous serons plus près de l'extérieur, si nous devons nous protéger. Et nous serons avec les autres.

Les Nains se mirent en mouvement et commencèrent à ranger ce qu'ils avaient eu le temps d'emporter. Ils avaient pour habitude de se déplacer avec le strict minimum, et ce minimum se trouvait d'autant plus réduit qu'ils s'étaient littéralement sauvés après le premier séisme.

La secousse avait été forte, mais ce qui les avait obligés à se rapprocher de l'extérieur avait un nom : Ihou.

Ils étaient occupés à déblayer les habitations et les galeries afin de rétablir, entre autres, la communication avec Ngondé quand ils avaient entendu les premiers grognements. Ils avaient mis peu de temps à découvrir leur provenance, malgré la sécurité dont ils croyaient jouir dans les monts d'Oko.

La décision de se rapprocher de la surface avait été prise assez rapidement : il était évident qu'Ihou avait trouvé une faille dans laquelle se glisser, faille qui avait sans doute été créée par le tremblement de terre. En effet, il n'existait aucune galerie souterraine reliant Sangoulé aux monts d'Oko. Et il était impossible qu'il soit arrivé par la surface, sachant que les rayons du soleil lui seraient fatals. Dans l'immédiat, la proximité d'Ihou impliquait un éloignement rapide des Nains, qui n'avaient emporté que le strict nécessaire avant de se réfugier dans la caverne de Kanyangokoté.

Les préparatifs de départ furent brefs, et c'est une longue théorie de plusieurs dizaines de Nains qui fit irruption au grand jour, telle une colonie de fourmis. L'arrêt traditionnel avant la sortie n'avait duré que le temps utile pour accoutumer les yeux à la faible luminosité du petit matin. Nihassah voyageait sur sa civière, portée d'une main ferme par Afo et Keyah, ses amies de toujours.

Une vaste savane séparait les monts d'Oko des premiers arbres de la forêt de Nsaï. Les Nains, habitués à l'espace limité de leurs souterrains, étaient un peu agoraphobes : les étendues extérieures les faisaient se sentir encore plus petits et ne leur plaisaient qu'à moitié. Au lieu de tourner vers l'ouest pour se rendre en droite ligne vers la caverne de Seyni, ce qui aurait constitué le plus court chemin, ils se dirigèrent directement vers la forêt de Nsaï, préférant avancer sous le couvert des arbres.

Il ne fallut pas longtemps pour que soit rompue la belle ordonnance linéaire du début, justifiée par l'exiguïté des galeries, mais dépourvue de sens en plein air. Ils avançaient par groupes, lesquels se constituaient selon les familles, les amitiés ou les affinités. La procession avançait, peu bruyante, chacun ressassant les derniers événements dans son esprit.

L'effet de surprise provoqué chez Mukutu par le secret de Nihassah s'était un peu estompé, et il réfléchissait aux arrangements à venir. Les décisions à prendre revêtaient trop d'importance pour qu'il en assume seul la responsabilité, d'autant plus que tous les Nains étaient concernés. Heureusement, les autres chefs l'assisteraient.

Et WaNguira aussi. La prophétie était d'origine divine et relevait de ce fait du domaine des grands prêtres. Il suffisait d'envoyer aux autres un messager pour leur fixer un lieu et une date de rencontre : ils n'étaient que cinq, un par tribu. Même pas : quatre, maintenant. Mukutu, comme WaNguira, avait du mal à s'habituer à l'idée de la disparition des Kikongos. Pourtant, la réalité était là, d'une implacable dureté : il n'y avait plus de Kikongos nulle part. Des cinq tribus initiales, il ne restait plus qu'eux, les Lisimbahs, ainsi que les Affés, les Pongwas et les Gnahorés.

Au moment du Premier Exode, ils avaient trouvé refuge dans les monts d'Oko, assez vastes pour les accueillir tous dans un premier temps. Tous, sauf les Gnahorés, partis vers l'est… Et les Kikongos… Ces derniers étaient les plus méridionaux des enfants de Mama Mandombé, et ils résidaient à l'origine très loin au sud, dans la partie presque plate de Sangoulé, juste avant la mer. On les avait surnommés affectueusement les Nains des sables… Non pas à cause de la proximité des plages, mais parce qu'ils s'adonnaient à l'exploitation des sables aurifères : ils cherchaient des paillettes et des pépites d'or dans les sables des torrents et des rivières qui descendaient des montagnes de Sangoulé. C'étaient de fins orfèvres, d'ailleurs. Peut-être les meilleurs parmi les Nains…

Quand la montagne s'était ouverte en deux, un fleuve de roche liquide avait coulé sans discontinuer pendant des mois, envahissant tout, s'infiltrant partout, emportant tout ce qui se trouvait sur son passage. On aurait dit que ça ne devait jamais s'arrêter. Mis à part quelques entêtés inconscients qui persistaient à demeurer sur place, attendant que ça refroidisse, la plupart des Nains avaient déjà fui cette terre en furie pour remonter vers le nord. Sauf les Kikongos, qui se croyaient en sécurité dans leurs dunes, situées à bonne distance du foyer actif du volcan.

Un jour, il y avait eu un tremblement de terre beaucoup plus fort que les autres, à en juger par l'intensité des secousses ressenties jusque dans les monts d'Oko. Un fracas épouvantable avait retenti par-delà les montagnes, et les Nains avaient senti le ventre de la terre se déchirer. Les séismes s'étaient succédé sans arrêt pendant un grand moment, dans un grondement de fin du monde, et le temps avait été long avant que les choses ne se calment. Les monts d'Oko avaient ensuite retrouvé leur quiétude rassurante, et les Nains s'y étaient installés définitivement : il devenait évident pour eux que le retour à Sangoulé ne se ferait pas dans l'immédiat.

Il avait alors fallu attendre que le fleuve de lave arrête de couler et que la roche liquide se solidifie en refroidissant. Cela avait duré longtemps. Les Nains s'étaient mis en quête des Kikongos à ce moment-là. Ils avaient marché vers le sud, vers le pays de leurs frères. Là où auraient dû se situer les collines et les dunes méridionales de Sangoulé, ils avaient trouvé la mer. Toute cette partie du pays s'étaient effondrée, tragiquement envahie par les eaux.

Mukutu frémit en se rappelant le panorama ahurissant qui s'était offert à eux, au sortir de la galerie de Chinaka : la mer, la mer partout où il portait les yeux. À ce moment-là, il l'avait haïe.

Et voilà que tout recommençait... Le volcanisme et son cortège de séismes... Ihou... Sauf que maintenant, il y avait Gaïg...

Mukutu avançait, perdu dans ses pensées. Il avait marché avec ses compagnons une bonne partie de la journée, et ils avaient atteint les premiers arbres. Fatigue et chaleur se faisaient de plus en plus sentir. Mukutu était en sueur : il jeta un coup d'œil sur les Lisimbahs. Personne ne se plaignait, mais il était évident qu'une pause serait appréciée. Il s'immobilisa :

— Étape pour la nuit. M'est avis qu'on peut dresser l'camp ici.

Une onde de contentement parcourut les différents groupes qui firent halte immédiatement, se laissant tomber sur le sol à l'endroit même où ils se trouvaient.

— Je ne sais pas de quel camp il parle : on n'a rien ! se moqua Afo, toujours un tantinet impertinente. Et je n'ai même pas besoin de feu pour la nuit, il fait assez chaud comme ça.

— De toute façon, on ne peut pas faire de feu si près de la forêt, répondit Keyah. Hé! Regardez! Là-bas!

2

— On peut y aller. Je suis prête.

Comme Gaïg disait ces mots, Patxi la considéra attentivement. Il lui semblait évident que cette gamine un peu boulotte ne se rendait pas compte de la portée de ses paroles. Si elle avait su ce que les Nains attendaient d'elle, nul doute qu'elle serait vite allée se cacher au plus profond de l'océan. Mais la prophétie précisait que la descendante de Yémanjah devait ignorer qui elle était.

Patxi et les siens n'avaient pas de croyances religieuses et n'accordaient aucun crédit aux prophéties en général. Mais comme celle des Nains les concernait, leur accordant généreusement un territoire qu'au fond ils possédaient déjà, ils suivaient avec une attention doublée de curiosité amusée les aventures de ce peuple et ses déplacements.

Les Salamandars n'aimaient guère les Nains, qui étaient un peu trop présents à leur goût. Ils les trouvaient bruyants et envahissants, toujours en train de fouiller la terre et de creuser des galeries à la recherche de métaux et de minerais. Seule la lave les arrêtait, et encore : c'était un peuple d'orfèvres et de forgerons, habitué à l'incandescence de la forge, et la chaleur suffocante de la roche liquide ne les incommodait pas assez vite aux yeux des Salamandars, qui les jugeaient par trop résistants. Et odorants de surcroît…

Les Salamandars utilisaient pourtant leurs galeries sans la moindre gêne. Ils n'éprouvaient guère de sentiments, ou alors de façon très légère. Ils vivaient leurs états d'âme de façon superficielle, ce qui les maintenait dans une humeur constante, sans les aléas de la joie ou de la tristesse : la stabilité de leur état d'esprit leur procurait une forme de bonheur. Mais ils en avaient assez de ces êtres qui allaient partout sous terre, examinaient tout, grattaient tout, et sentaient trop fort. D'où leur intérêt pour cette prophétie qui évoquait l'exil des Nains dans une contrée éloignée, bien loin d'Eribatasuna – Sangoulé, dans leur langue.

Il était impossible d'affirmer lequel des deux peuples s'était installé le premier dans les profondeurs de Sangoulé-Eribatasuna, d'autant plus que les Nains avaient mis du temps à se rendre compte de la présence des Salamandars.

Ces derniers, d'un naturel discret, avaient longtemps évolué dans les lieux sans que les Nains s'en doutent. Les Salamandars, légers et silencieux, ne laissaient aucune trace de leur passage. Leur ouïe très fine et leur odorat ultrasensible percevaient à grande distance l'approche des Nains : ils avaient largement le temps de disparaître quand ces seigneurs souterrains arrivaient dans leurs fiefs. Il avait fallu la maladresse ou la distraction de jeunes Salamandars, qui s'étaient laissé surprendre, pour que les Nains découvrent que LEURS galeries étaient habitées par d'autres.

Les Salamandars tenaient d'autant moins à se faire remarquer qu'ils profitaient impunément des tunnels creusés pour coloniser de nouveaux territoires, chaque fois plus proches de la roche liquide, dont ils recherchaient la fascinante incandescence. Même si les sources chaudes représentaient leur habitat idéal, puisqu'ils y trouvaient eau, chaleur et nourriture, l'attrait du feu les entraînait régulièrement dans les fonds lointains et creux d'Eribatasuna, que les Nains considéraient comme leur territoire, Sangoulé.

Les Nains, convaincus que le sous-sol leur appartenait – et ce, d'autant plus que c'était eux qui accomplissaient les travaux de terrassement –, s'étaient sentis violés par ce partage, si peu visible fût-il, et avaient décrété qu'ils se réservaient l'usage exclusif des galeries. Ils avaient donc demandé aux Salamandars de déguerpir. Ces derniers avaient refusé, prétendant qu'ils étaient là les premiers. Ils avaient ajouté que le temps mis par les Nains à s'apercevoir de leur présence constituait une preuve de leur discrétion et de leur délicatesse, et qu'une cohabitation pacifique devait être possible. Les ressources minières du sous-sol ne présentaient aucun intérêt pour eux, puisqu'ils ne cherchaient pas à s'enrichir.

Effectivement, les Salamandars manifestaient un total détachement face aux biens matériels. Leur intelligence exceptionnelle les avait conduits à adopter un mode de vie qui les satisfaisait et que d'autres peuples auraient sans doute qualifié de bonheur. Mais ils refusaient la notion même de bonheur, puisqu'elle ne pouvait s'envisager sans son corollaire, le malheur. C'était la vie, tout simplement, et elle consistait pour eux en la satisfaction des besoins biologiques. Ils ne nourrissaient aucun idéal matérialiste ou religieux, qui les aurait menés à une existence sous l'emprise d'un désir perpétuellement insatisfait.

Se situant intellectuellement aux antipodes des Nains, qui se confinaient dans une fixité rassurante et peu évolutive, les Salamandars n'avaient pas réussi à faire entendre leur point de vue. Les Nains, faisant preuve d'une mentalité opiniâtre et possessive, s'étaient butés et avaient refusé tout compromis. Les Salamandars avaient alors disparu, mais en apparence seulement : ils étaient simplement devenus plus discrets, plus retenus, plus légers, donc plus méfiants.

Même si les Nains ne pouvaient pas prouver la présence des Salamandars sur leur territoire, ils n'étaient pas totalement dupes de cette soumission, trop facilement acceptée. Pour eux, les Salamandars, si invisibles et silencieux fussent-ils, se trouvaient toujours là, et cela les gênait. Ils auraient voulu les savoir disparus de Sangoulé, et ils rageaient un peu à l'idée que la prophétie légitimait leur présence dans le futur.

Quand le volcanisme avait augmenté à Sangoulé, multipliant séismes, effondrements de terrain et coulées de lave, ils avaient résisté longtemps avant de quitter les lieux pour se réfugier dans les monts d'Oko et ailleurs. Mais, sachant que la prophétie gouvernait leur destin, ils avaient dû se plier à la volonté divine. Cependant, quelques-uns résidaient toujours à Sangoulé. Seuls les jeunes avaient quitté l'endroit : ceux qui avaient un esprit encore suffisamment ouvert et souple pour s'adapter à d'autres lieux, d'autres conditions de vie, et envisager une existence nouvelle, sans doute différente de l'ancienne sous de multiples aspects.

Les Salamandars attendaient patiemment leur heure : ils étaient certains que lorsque les Nains quitteraient les monts d'Oko pour le Grand Exode, ceux de Sangoulé se joindraient à eux. Et Eribatasuna deviendrait leur pays, leur patrie, leur foyer, un et sans partage.

C'est la raison pour laquelle Patxi n'avait pas refusé de soigner Gaïg, quand TsohaNoaï, la Reine des Licornes, le lui avait demandé en secret. Remettre sur pied l'envoyée des dieux, la descendante de Yémanjah, c'était favoriser la réalisation de cette prophétie extravagante qui débarrasserait les Salamandars des Nains. Lui confier l'œuf de Maïalen, la mère de Txabi, c'était s'assurer une source d'information dans le futur. Et libérer Ihou, le Troll avaleur de Nains, c'était simplement accélérer un peu le processus…

Gaïg n'osait interrompre la réflexion de Patxi et attendait patiemment qu'il voulût bien se remettre en marche. Elle en profitait, une fois de plus, pour se reposer, tentant vainement de remettre de l'ordre dans son esprit. Elle se sentait le jouet des événements, sans avoir son mot à dire.

Elle aurait voulu revenir en arrière, mais elle ne savait quel moment de son histoire passée avait été assez agréable pour mériter d'y retourner et de réorienter sa vie à partir de là. Elle se sentait malheureuse chez Garin et Jéhanne, et avait toujours rêvé de fuir le village. Mais elle ne pouvait nier que son existence avait été remplie de fâcheuses aventures depuis qu'elle l'avait quitté. Là-bas, elle avait au moins eu la mer pour lui ouvrir la porte du rêve. L'océan la lavait de sa colère et de son amertume, et lui permettait de croire en un monde meilleur dans lequel elle serait aimée et appréciée par tous. Or, depuis qu'elle avait vidé les lieux, elle ne pouvait nier qu'elle avait perdu la mer.

Quand Patxi commença à avancer, visiblement plongé dans ses pensées, Gaïg lui emboîta le pas en silence, immergée dans ses propres préoccupations. Txabi ne dit rien non plus, furetant curieusement de-ci de-là, avide de découvrir le monde. Ils progressèrent dans un mutisme absolu pendant un temps interminable.

Gaïg se demandait jusqu'à quel point elle pourrait vivre seule, et où, maintenant qu'elle était guérie. Elle ne remettrait pas les pieds au village, elle s'en faisait une promesse. Elle savait qu'elle ne supporterait pas de vivre indéfiniment dans les souterrains, comme une Naine, même à côté de l'affection chaleureuse de Nihassah. Les amis qu'elle s'était faits étaient tous des terriens, qui vivaient loin de la mer. Dikélédi était une Naine, elle aussi, et retrouverait ses parents. Winifrid, la Dryade, était liée à Walig, son chêne. De toute façon, elle ne s'éloignerait jamais d'une forêt enchantée où elle jouissait de paix et de sérénité pour se lancer dans les affres d'une vie liée au hasard. Le Pookah non plus.

Et puis, étaient-ils vraiment ses amis? Elle les considérait comme tels, mais ignorait leur point de vue sur le sujet. Le fait qu'ils l'aient aidée avait créé des liens, certes, mais ne présumait en rien de leurs relations futures, surtout après les aventures dans lesquelles elle les avait entraînés malgré elle. Peut-être qu'ils la considéraient comme une catastrophe ambulante et qu'ils chercheraient à se protéger dorénavant… Ils devaient avoir hâte de retrouver les leurs, et plus vite elle les débarrasserait de sa personne, mieux ce serait. Ainsi elle ne serait plus un poids pour eux. C'était encore la meilleure forme de remerciement, à son avis : sortir de leur vie et disparaître dans la nature. Elle trouverait toujours du travail dans un quelconque village au bord de la mer et subviendrait elle-même à ses besoins. Au moins ainsi, elle n'encombrerait personne.

Gaïg, en pleine crise de paranoïa, marchait comme un automate, se contentant de suivre Patxi, complètement absente de la réalité environnante. Elle sursauta quand elle entendit des cris d'allégresse teintés de soulagement : elle se rendit alors compte qu'ils lui étaient destinés. Le Salamandar et elle étaient arrivés dans la caverne de Kabenguélé et Dikélédi et Winifrid l'entouraient de leurs bras, tandis que Loki, lui tenant la main, sautillait sur place.

— Enfin ! Te voilà ! lança Dikélédi en l'embrassant. Je commençais à me demander ce qu'ils te faisaient.

— *En tout cas, c'est terminé maintenant !* s'écria Winifrid, l'embrassant aussi. *Tu es guérie ! J'espère que ça n'a pas été trop dur… Arrête de sauter, Loki, tu finiras par te cogner la tête au plafond !*

Gaïg, émue par cet accueil et secrètement gênée par les pensées qui venaient de lui traverser l'esprit, se mit à pleurer. Elle se fit la réflexion qu'elle devenait trop émotive et qu'il lui faudrait s'endurcir.

— Tu as encore mal ? s'inquiéta Dikélédi.

— Non, absolument pas, hoqueta Gaïg. Je crois que ma jambe est guérie. Je pleure parce que je vous retrouve…

— *Si c'est ça, on peut te laisser, hé, hé!* insinua Loki. *Cette fille est une vraie fontaine…*

Gaïg les contemplait tour à tour en reniflant, le cœur empli de reconnaissance : de toute sa vie, elle avait rarement eu l'occasion de pleurer de joie, et elle se sentait un peu désorientée par ses réactions face à ces sentiments inhabituels.

Patxi, estimant que le temps consacré aux effusions était suffisant, s'approcha :

— Quand vous voudrez… dit-il en s'inclinant cérémonieusement. Le chemin est encore long jusqu'à la sortie.

— Mais on n'est plus dans la galerie de Sémah, il me semble… constata Dikélédi qui, en tant que Naine, avait une bonne mémoire des lieux. Où sortirons-nous, finalement?

— Au bout de la galerie de Sémah, pourtant, expliqua Patxi, le regard luisant d'un bref éclair. C'est bien là que vous vous dirigiez, non?

— *Oui, certes,* confirma Winifrid. *Mais c'est parce qu'on vous cherchait. Il n'y a pas de sortie vers Nsaï?*

— La galerie de Sémah est toujours bouchée de ce côté-là, objecta Patxi en se mettant en route sur-le-champ.

Dikélédi attrapa la main de Winifrid et le suivit, un peu perplexe. Même si Patxi ne mentait pas en affirmant que la sortie de Sémah était obstruée vers Nsaï, elle trouvait étrange, au vu des multiples entrées de tunnels qu'ils avaient dépassées, qu'il n'y ait pas d'autre issue vers la forêt.

Les Nains creusaient des galeries depuis toujours et d'innombrables tunnels devaient parcourir Sangoulé, leur territoire avant le Premier Exode. Mais étant née dans les monts d'Oko, Dikélédi ne connaissait de Sangoulé que ce que lui en avaient raconté ses parents, et elle n'était pas assez sûre d'elle pour prétendre affirmer qu'il y avait d'autres issues vers le bois. De plus, ils n'étaient pas encore à Sangoulé : la galerie de Sémah ne faisait qu'y conduire…

Dikélédi s'en voulut un peu de sa méfiance : Patxi connaissait les lieux mieux qu'elle, après tout. Et puis, quelle raison le Salamandar aurait-il de les éloigner?

Ce dernier se hâtait, comme s'il désirait en finir au plus vite avec toute cette histoire. Se sentir ainsi envahi par des créatures exotiques n'était guère plaisant et Dikélédi comprenait son empressement. Mais elle était aussi chez elle, dans cette galerie creusée par ses ancêtres…

Ne se percevant pas comme une étrangère à proprement parler, elle aurait voulu s'arrêter pour réfléchir et faire le point. Mais quel point? Parce que son intuition de Naine lui soufflait qu'il y avait d'autres sorties, elle devrait mettre en doute la parole de celui qui avait soigné Gaïg sur la recommandation des Licornes? Elle jugea plus sage de se taire et de trotter.

Ils continuèrent d'avancer à un rythme soutenu, facile à maintenir puisque le terrain était plat. Dikélédi interrompit ses spéculations et se concentra sur ses enjambées. Comme s'il avait galopé pour l'empêcher de trop réfléchir et qu'il avait eu vent de sa décision de fermer sa bouche, Patxi ralentit sensiblement l'allure, sans s'arrêter pour autant. Ils marchèrent ainsi pendant des heures.

Quand enfin il proposa une pause dans une vaste caverne, le groupe était trop épuisé pour discuter et personne ne fut surpris par la distribution de noix et de fruits séchés qu'il fit. Encore moins quand il indiqua un minuscule filet d'eau qui coulait d'une étroite fissure.

— Demain, c'est l'aventure au grand jour! déclara-t-il avec un éclair de malice dans les yeux. Vous pouvez dormir, maintenant...

Patxi les vit s'endormir instantanément. Qui pourrait lui reprocher de les avoir volontairement éloignés de la forêt de Nsaï? Il ne faisait que favoriser la réalisation de la prophétie, après tout…

3

Tous ceux qui avaient entendu la réflexion de Keyah tournèrent la tête avec un bel ensemble, d'abord vers elle, puis dans la direction qu'elle montrait du doigt. De minuscules silhouettes se détachaient sur l'horizon, qu'ils eurent tôt fait de reconnaître : un groupe de Nains.

— M'est avis qu'on d'vrait aller à leur rencontre, formula Mukutu d'un ton rendu peu convaincu par la lassitude, la main en visière sur le front afin de se protéger des rayons aveuglants du soleil couchant.

Bien que las, les Nains, sans protester, se levèrent et s'apprêtèrent à reprendre leur progression : les autres aussi, s'ils venaient de Seyni, devaient ressentir la fatigue d'une journée de marche sous le soleil. Ce n'étaient pas quelques pas de plus qui les achèveraient…

Ils se remirent en route, les yeux fixés sur les silhouettes qui se rapprochaient. À cette distance, il était difficile de reconnaître les visages : Mukutu et les siens avaient beau faire des efforts, plisser les yeux, ils n'identifiaient encore personne de Seyni. Finalement, malgré la fatigue, ils accélérèrent le pas sans s'en rendre compte, poussés par la curiosité. Les autres avaient dû les apercevoir aussi et avaient agi de même.

La distance diminuait, chacun cherchant à repérer une figure connue. Jaro, Dofi et Kikuyu, originaires de Ngondé, avançaient en tête, courant presque : ils se sentaient décontenancés de ne pas reconnaître les leurs, ne serait-ce qu'à travers la démarche. Mais le soleil couchant lançait ses derniers rayons juste en face d'eux, et les nouveaux venus apparaissaient à contre-jour. Les Nains n'avaient pas d'autre solution : il fallait avancer.

L'autre groupe se révélait plus important qu'ils ne l'avaient cru à première vue, maintenant que les premiers ne cachaient plus les autres. Les détails apparaissaient au fur et à mesure de la progression : des femmes et des enfants accompagnaient les hommes et tous apparaissaient lourdement chargés de sacs de tailles diverses. Finalement, ce fut Jaro, abasourdi, qui les identifia le premier :

— Ce sont les Pongwas! WaNtumba est à leur tête! Avec Séméni!

Un grand silence suivit cette déclaration et la stupéfaction immobilisa les Nains un bref instant. Les Pongwas! En si grand nombre... Avec leur grand prêtre, WaNtumba, et leur chef, Séméni... Que faisaient-ils là, si loin de chez eux?

— WaNdéné est avec eux! Je vois Mongo! Les Affés sont là aussi! continua Jaro, de plus en plus surpris.

Les deux tribus des Pitons de Wassango-Kilolo! Avec leurs chefs, Séméni et Mongo, et leurs grands prêtres! La stupeur hébétait Mukutu et les siens, aussitôt suivie par une onde d'inquiétude: seule l'imminence d'un grand danger avait pu entraîner les Pongwas et les Affés aussi loin de chez eux.

En effet, les pitons de Wassango-Kilolo se trouvaient assez loin au nord-ouest des monts d'Oko. Une série de pitons, sept au total, entouraient un volcan central en sommeil qu'ils avaient surnommé la montagne Pelée, à cause de son sommet âpre et dénudé, totalement dépourvu de végétation. Les pitons eux-mêmes étaient d'anciens volcans, éteints depuis bien plus longtemps que la Montagne Pelée.

Les Pongwas et les Affés, au moment du Premier Exode, s'étaient d'abord arrêtés dans les monts d'Oko, comme leurs frères. Mais, poussés par le désir de creuser, piocher, fouir, fouiller, excaver, ils avaient estimé que l'espace deviendrait rapidement insuffisant pour eux tous et avaient continué vers le nord. Ils avaient fourni comme raison supplémentaire le souhait de s'éloigner davantage de Sangoulé, au volcanisme trop actif – raison qui les avait transformés en objet de risée quand on s'était rendu compte qu'ils avaient échangé un volcanisme pour un autre.

Les Lisimbahs, bien que prêts à partager les monts avec eux, s'étaient inclinés devant leurs arguments, tout aussi conscients qu'eux du fait que la paix reposait en grande partie sur la taille du territoire : plus le pays était vaste, plus l'espace vital de chacun était étendu, plus le risque de disputes diminuait. Pour eux, l'agressivité, source de désaccords et de conflits, était directement liée à la surpopulation dans un espace restreint. Vivant depuis des siècles et des siècles dans des souterrains où l'espace était toujours compté, ils avaient une longue expérience dans ce domaine.

En se scindant en différents groupes avant les premiers litiges, les Nains sauvegardaient leur unité globale. Les Pongwas et les Affés s'étaient donc réfugiés dans les sept pitons de Wassango-Kilolo, alors que les Lisimbahs demeuraient dans les monts d'Oko. Les Gnahorés quant à eux, au moment de quitter Sangoulé, s'étaient dirigés directement vers l'est : ils s'étaient établis dans les collines de Koulibaly, près des Hommes de la côte, des pêcheurs avec lesquels ils commerçaient. Ils s'étaient d'ailleurs beaucoup enrichis en servant d'intermédiaires entre les Nains de l'intérieur et les négociants du bord de mer, qui acheminaient par bateau les productions naines dans des contrées lointaines où elles se vendaient à prix d'or.

Les Nains se rendaient visite régulièrement, à leur gré, et l'éloignement géographique des quatre tribus leur permettait de s'apprécier mutuellement et de se retrouver avec plaisir. Depuis le Premier Exode, les grands prêtres organisaient toutes les décennies un rassemblement général de la Nanitude – tel était le terme par eux employé – dans l'une des trois régions investies par les quatre tribus. Ils veillaient ainsi à la sauvegarde de l'unité naine.

Cependant, le cortège inattendu qui s'avançait sous les yeux de WaNguira, de Mukutu et des autres n'annonçait rien de bon. Il fallait une raison grave pour que les Pongwas et les Affés quittent leurs pitons et débarquent ainsi sans avertir. On les accueillerait, bien sûr, là n'était pas la question.

Le trajet, commencé dans l'inertie et la lassitude, se termina au pas de course pour les Lisimbahs. Ceux d'en face, boueux et poussiéreux, chargés de paquets et visiblement épuisés, ne pouvaient plus accélérer et s'étaient contentés de maintenir leur allure. Les têtes des deux colonnes s'étaient à peine rejointes que déjà la nouvelle remontait de groupe en groupe et arrivait aux derniers en une phrase lapidaire qui les faisait frissonner : « la montagne Pelée est entrée en éruption ».

En très peu de temps, les sacs furent déposés sur le sol et les différentes tribus fusionnèrent. Pour les Lisimbahs, avec tout ce qu'ils avaient appris de la bouche de Nihassah, les signes se précisaient, et avec eux, l'angoisse de l'avenir. Leur cœur se serrait de plus en plus face à la menace d'un futur dont ils ignoraient tout.

Tout à coup, Afo éclata de rire. Le rire d'Afo était sonore et clair, pas encore contagieux, mais éclatant, franc, insolite et par là même irrépressible. Elle se déplaçait d'un groupe à l'autre chez les nouveaux venus, les examinait rapidement, et s'esclaffait. De chaque groupe visité fusait alors une hilarité joviale et complice, comme s'il avait été touché avec une baguette magique.

Quand Mukutu, déconcerté, émit la réflexion « M'est avis qu'elle a trouvé un trésor ! », la gaieté fut à son comble chez les Pongwas et les Affés qui oublièrent fatigue et découragement pour se livrer tout entiers à la sagesse du rire.

Afo épousseta alors une jeune Naine qui se trouvait entre elle et le chef de Jomo, la débarrassant un peu de la gangue de boue qui l'enveloppait. Les Lisimbahs comprirent en un éclair ce qui se passait, et participèrent à leur tour à l'hilarité générale : les Nains de Wassango-Kilolo étaient couverts d'or, de bijoux tous plus somptueux les uns que les autres. Pour transporter leur trésor en sécurité, ils avaient choisi de l'exposer au vu et au su de tous, après l'avoir recouvert de boue.

Mukutu ne se démonta pas pour autant :

— C'est bien c'que j'disais : elle a trouvé un trésor !

Une certaine détente suivit cet intermède, permettant aux Nains de se préparer pour la nuit. Ils se trouvaient alors en bordure de la forêt, sous les premiers arbres, là où Nsaï se présentait encore comme un bois ordinaire. Les discussions allaient bon train : chefs de tribus et grands prêtres discutaient de l'opportunité d'un rassemblement général de tous les Nains.

Mais les habitants des pitons de Wassango-Kilolo retrouvèrent très vite leur sérieux et leur gravité : seuls ceux qui habitaient les pitons avaient été épargnés par l'éruption. Les familles qui habitaient la Pelée avaient succombé à la nuée ardente qui avait envahi les galeries juste avant l'éruption. Ce deuil était un fardeau lourd à porter pour les survivants, qui expliquèrent qu'ils étaient en route vers les collines de Koulibaly, en quête d'un nouvel habitat. Si l'espace se révélait trop restreint, ils pensaient simplement revenir sur leurs pas et aller vers l'ouest. Une partie de leur communauté était restée à Seyni, attendant de savoir si ça valait la peine de continuer ou non.

Les Lisimbahs furent bouleversés en apprenant le drame, et certains n'hésitèrent pas à y voir un signe : ils informèrent leurs frères Pongwas et Affés de l'entrée de Gaïg en scène et tous se montrèrent impatients de la connaître. Mais les questions demeuraient nombreuses, face au flou de la prophétie : c'était une chose d'y avoir cru pendant des siècles, c'en était une autre d'assister ou de participer à sa réalisation. « Comment Gaïg s'y prendrait-elle ? Avait-elle des pouvoirs magiques ? » demandait-on à Nihassah, qui répondait négativement. D'après WaNguira, tout ce qu'elle possédait, c'était une bague en Nyanga et une Pierre des voyages en Akil minéral.

— Ce qui est déjà beaucoup, précisa Mongo, le chef des Affés. Mais je ne suis pas sûr que ça lui serve à grand-chose…

— Ce n'est pas non plus un hasard si elle les a reçues… constata WaNguira. Dire que je lui avais promis un collier pour porter sa Pierre… Dans la situation présente, je ne sais pas quand je pourrai le lui fabriquer…

— M'est avis qu'nous d'vrions passer par la caverne d'Ntangu, souligna Mukutu. Les monts n'sont plus très sûrs maintenant : entre Ihou et les séismes…

— Peut-être aussi qu'Ihou est le meilleur gardien qui soit pour notre trésor, émit WaNguira pensif.

Un frémissement parcourut les Lisimbahs : abandonner leur trésor? Partir en le laissant dans la caverne de Ntangu?

— Oui, il le gardera tellement que personne ne pourra y avoir accès, même nous! lâcha Afo, toujours impulsive.

Elle reçut immédiatement un coup de coude de Keyah, destiné à la mettre en garde : on ne s'adressait pas ainsi à un grand prêtre. Mais WaNguira ne se fâcha pas : Afo ne faisait que formuler à haute voix ce que tous pensaient en leur for intérieur, et il savait qu'il devait en tenir compte.

Le trésor des Nains était aussi précieux pour eux que leurs valeurs morales et religieuses, puisqu'il symbolisait leur labeur : des siècles passés à creuser la terre pour en extraire les gemmes et les métaux rares, le polissage, le sertissage, le travail d'orfèvrerie, la recherche artistique, tout cela représentait leur activité principale, leur chef-d'œuvre, ce pour quoi ils avaient été créés. Abandonner leur trésor équivalait à se débarrasser de ce qui constituait leur spécificité, à éteindre leur race en ne léguant aucun héritage du passé aux générations futures.

WaNguira, conscient de tout ce non-dit, renonça immédiatement à l'idée de laisser le trésor sous la garde d'Ihou. De toute façon, ils ne partaient pas tout de suite… Partir pour aller où? Où Gaïg les mènerait-elle, d'abord? Et où se trouvait-elle, cette petite?

Le grand prêtre considéra la forêt qui s'étendait devant lui. Des arbres, encore des arbres. Bien que sachant ce que ces arbres pouvaient cacher, il ne put s'empêcher de laisser échapper un soupir. Il était probable que Dryades et Pookahs les observaient, et que les Licornes avaient été averties de leur présence. Tant qu'ils resteraient à l'orée du bois sans faire de feu et sans casser inutilement des branches, ils ne risqueraient rien. Les Dryades toléreraient les activités de cueillette, à conditions qu'elles se limitent aux besoins en nourriture.

Le temps s'était arrêté pour WaNguira, qui se demanda s'il devait essayer d'entrer dans la forêt avec les autres grands prêtres pour obtenir des nouvelles. Mais il savait que c'était inutile : Licornes et Dryades, conscientes de leur présence, leur feraient savoir en temps utile ce qui était nécessaire.

WaNdéné et WaNtumba s'approchèrent de lui. Eux aussi étaient embarrassés et se demandaient par quel bout prendre la chose. Il n'y avait aucun texte écrit concernant la prophétie, aucun parchemin sur lequel s'appuyer : les Nains fonctionnaient depuis toujours selon une tradition orale qui se transmettait de génération en génération, ponctuée çà et là par une apparition de Mama Mandombé. Mais la tradition orale, en l'occurrence, péchait par son manque de précision, et laissait tout le monde perplexe et désorienté maintenant qu'elle semblait sur le point de se réaliser. Que devaient faire les Nains? S'asseoir et attendre? Partir à la recherche de Gaïg et s'attacher à ses pas? Personne ne savait et encore moins les grands prêtres…

— Peut-être que WaNkoké aura une idée, suggéra doucement WaNtumba.

WaNkoké était le grand prêtre des Gnahorés. Les épaules de WaNguira s'affaissèrent :

— Sinon WaNgolo en aura une... lança-t-il, sarcastique.

Puis se reprenant aussitôt :

— Pardon!

Il se tut. Les deux autres le considérèrent avec compassion. Fallait-il que WaNguira, grand prêtre de la noble tribu des Lisimbahs, fût à bout de nerfs, pour se livrer ainsi au persiflage en utilisant le nom du grand prêtre des Kikongos...

4

Dikélédi fut la première à se réveiller, mais elle ne bougea pas, se contentant d'ouvrir les yeux. Un groupe de Salamandars se tenait non loin. La jeune Naine fut étonnée d'en voir autant à la fois : elle en dénombra une bonne trentaine. Quand Txabi l'avait conduite avec ses compagnons auprès de ses pareils, ils avaient toujours eu affaire à un ou deux Salamandars. Ils s'étaient mis à trois pour transporter Gaïg évanouie à cause de la chaleur. Deux autres Salamandars, Ramuntxo et Bikendi, l'avaient menée à la caverne de Kabenguélé avec Loki et Winifrid pour attendre Gaïg.

Dikélédi ne pensait pas que les Salamandars étaient aussi nombreux, et elle se redressa pour mieux voir. Le temps de s'asseoir, de porter le regard sur le sol pour prendre appui sur ses mains et de relever les yeux suffit à faire disparaître le spectacle : il n'y avait plus que Patxi à ses côtés. Dikélédi se frotta les yeux, fixa l'endroit où se trouvait précédemment le groupe, mais ne vit rien : les Salamandars s'étaient littéralement évaporés.

Patxi se tenait toujours près d'elle, le visage indéchiffrable, et elle se demanda si elle n'avait pas rêvé.

— Ils sont partis vite, fit-elle. J'ai à peine eu le temps de les apercevoir qu'ils avaient déjà disparu…

— Qui? interrogea Patxi.

Puis il changea de sujet sans attendre de réponse :

— Tiens, tu veux des fruits? Nous avons une longue route aujourd'hui.

Dikélédi ne put cacher son étonnement :

— Des fruits frais! On est près d'une sortie, alors?

Les autres se réveillèrent en entendant ces mots et ne perdirent pas de temps pour se jeter sur cette nourriture inattendue. Gaïg se sentait perpétuellement affamée depuis que l'éboulement avait eu lieu, et mordit à belles dents dans une pomme. Winifrid respira longuement les fruits l'un après l'autre.

— Winifrid n'a pas besoin de manger, ricana Loki. L'odeur lui suffit.

— *Ça sent les arbres, Loki, les feuilles, le bois, la forêt,* répliqua-t-elle.

— Oui, ça sent Walig, quoi.... la taquina-t-il.

Mais Winifrid n'en avait cure : elle n'avait dit à personne qu'elle avait emporté un gland de Walig avec elle et qu'il représentait son chêne chéri bien plus que n'importe quel autre fruit de la terre. Elle continua à humer les fruits à longues bouffées et, pour finir, elle détacha une petite feuille qui était restée attachée à la queue d'une pomme et la plaça soigneusement dans sa poche.

— Eh bien, on y va dès que vous avez fini, avertit Patxi. Une grande journée de marche nous attend.

— Je croyais qu'on était près d'une sortie, s'étonna Dikélédi. Comment as-tu eu ces fruits?

— Mes amis les ont apportés de l'extérieur pour vous. Ils ont beaucoup marché, précisa-t-il. Mangez.

Dikélédi fronça légèrement les sourcils, mais n'ajouta rien. Elle n'avait donc pas rêvé, il y avait bien eu un groupe de Salamandars dans la caverne pendant qu'ils dormaient. Et ces derniers leur avaient apporté un petit-déjeuner composé de fruits. De quoi se plaindrait-elle? Elle se leva, bientôt imitée par ses compagnons, et ils se mirent en route.

Les heures suivantes furent consacrées à la marche, entrecoupée de brèves haltes pour se reposer ou se désaltérer dans de minuscules cascades dont seul Patxi connaissait l'existence. Dikélédi crut à plusieurs reprises que la sortie était proche : quelques racines d'arbres arrivant parfois jusqu'à la galerie prouvaient que la surface n'était pas si éloignée. Elle ne put s'empêcher d'en faire la remarque à Patxi, qui réfléchit un moment, étonné par sa sagacité. Il s'appliqua pour répondre :

— Le terrain est très sec là-haut. Il fait très chaud. Les arbres envoient leurs racines très loin pour chercher de l'eau dans le sol. Il n'y a pas beaucoup d'eau dans le coin.

« Pas d'eau dans le coin ? pensa Dikélédi. Et toutes ces cascades dans lesquelles nous nous désaltérons, ce n'est pas de l'eau, peut-être ? »

Elle garda ses réflexions pour elle et ils avancèrent, de plus en plus fatigués au fur et à mesure que le temps passait. Ils n'avaient plus la moindre notion de la distance parcourue, quand Patxi s'arrêta enfin.

— À partir de maintenant, vous pouvez continuer tout seuls : ce n'est plus très loin, et il n'y a aucune intersection.

Txabi disparut comme une flèche vers la sortie, mais Gaïg ne tenta pas de le rattraper cette fois-ci, se rappelant la dernière poursuite et ses fâcheuses conséquences.

— Pourquoi tu ne viens pas avec nous jusqu'au bout? demanda Dikélédi à Patxi.

Ils attendaient la réponse quand Txabi réapparut :

— C'est là, c'est tout près! Mais c'est la nuit dehors.

— Vous voyez, je vous ai accompagnés jusqu'au bout, constata Patxi d'un ton détaché. Vos amis sont là : ils savent que vous arrivez.

Bien que las et impatients de se retrouver à l'air libre, en compagnie de Mfuru et d'AtaEnsic, tous prirent le temps de remercier le Salamandar et de lui dire au revoir. Ce dernier hochait la tête en silence et ne quittait pas Gaïg du regard : il éprouvait un drôle de remue-ménage dans son intérieur. Était-ce cela, l'amour, l'affection, l'amitié, ces sentiments dont on parlait tant et que les Salamandars n'éprouvaient pas, ou si peu? Était-il possible qu'il se soit attaché à cette fillette rondouillarde? Qu'avait-elle de spécial pour provoquer cela?

En un éclair, il comprit, à la lumière de ses valeurs traditionnelles et de son esprit implacablement rationnel : elle l'intéressait parce qu'elle était censée débarrasser

Eribatasuna des Nains qui l'encombraient. Au diable les sentiments, seule comptait la fin, qui justifiait les moyens employés.

Gaïg se méprit sur son trouble :

— Je vais bien, Patxi, et je te remercie. Grâce à toi, je suis définitivement guérie. Je n'oublierai pas que tu m'as soignée, et peut-être que je pourrai te rendre service un jour aussi, qui sait…

— Si tu suis ton destin, Gaïg, ce sera très bien pour moi…

Patxi disparut dans les ténèbres, et Gaïg et ses compagnons partirent dans la direction opposée.

La galerie faisait un coude, après lequel ils distinguèrent une vague lueur signalant la sortie. Oubliant la fatigue, ils se précipitèrent à l'extérieur, soulagés de se retrouver à l'air libre.

— Les souterrains, c'est bien, s'exclama Dikélédi, à condition de pouvoir en sortir.

— *Pour les Nains peut-être, mais moi, je veux voir le feuillage des arbres,* répliqua Winifrid.

— Et pour les Pookahs, il faut une Licorne sur le dos de laquelle on peut grimper! s'écria Loki qui avait aperçu AtaEnsic.

Cette dernière était étendue sur le sol un peu plus loin, avec Mfuru assis tout contre elle. Ils se levèrent immédiatement en les voyant.

— Enfin, vous voilà! Quel soulagement! laissa échapper AtaEnsic.

— *Tu étais donc si inquiète?* demanda Winifrid.

— J'ai été rassurée quand deux Salamandars sont venus nous informer que vous étiez avec eux. Mais je préfère vous voir en chair et en os. Ou en bois et en feuille… ajouta la Licorne avec un sourire en voyant Winifrid jeter spontanément un regard avide de désir sur les arbres alentour avant de se fixer sur un chêne tout proche.

Un frémissement parcourut le feuillage de ce dernier, comme s'il avait voulu souhaiter la bienvenue à la Dryade, qui disparut aussitôt dans sa ramure. Gaïg vit Loki bondir pour la rejoindre et se perdre lui aussi dans les frondaisons.

— C'est incroyable, constata-t-elle. On ne les voit plus…

Elle reçut immédiatement une pluie de glands secs sur la tête :

— Moi, je te vois, pourtant! lui répondit une voix issue des profondeurs de l'arbre.

— Ah! Loki, tu as vite repris ton assurance! répliqua Gaïg en souriant, heureuse elle aussi de se retrouver à l'extérieur. Tu sembles de meilleure humeur maintenant. Je te préfère comme ça, d'ailleurs… Mais on peut s'asseoir, je suis exténuée!

Comme Loki, Gaïg avait vu assez de galeries, de boyaux, de grottes et de cavernes pour le moment, et elle se promit de ne plus y remettre les pieds avant un bon bout de temps. Le sous-sol n'était vraiment pas un milieu qui l'attirait au départ, mis à part une curiosité légitime quand Nihassah lui en avait parlé. Maintenant qu'elle le connaissait un peu mieux, elle était consciente de ses propres limites, et du besoin qu'elle avait du soleil, de la nature extérieure et de l'eau.

Elle sentit naître en elle une vague d'optimisme qui la dirigeait coûte que coûte vers la mer. Tout à coup, elle savait ce qu'elle avait à faire : elle ne ressentait plus d'incertitude face à l'avenir, toute inquiétude avait disparu de son cœur. La solitude ne l'effrayait plus, la séparation non plus : ses amis retrouveraient leurs proches et seraient heureux dans le mode de vie qui était le leur. Et elle serait ravie de les savoir contents, en harmonie avec leur entourage. Même Nihassah pourrait mener l'existence de son choix, sans avoir à se préoccuper d'elle.

Gaïg eut un bref pincement au cœur en pensant à celle qui avait été sa seule amie pendant toutes ces années, mais elle décida que chacune avait un destin différent à suivre : l'amitié qui les unissait ne les privait pas de leur liberté et elles se rendraient mutuellement visite quand le besoin s'en ferait sentir. Pour sa part, elle décida avec amusement que cette sortie du tunnel symbolisait une naissance : la sienne. Comme si la terre avait accouché d'une nouvelle personne, une qui savait ce qu'elle voulait et qui prenait sa vie en charge. C'était un bébé qui était né de la mer dix ans auparavant, c'était une presque adulte qui était née de la terre ce jour-là.

Gaïg fronçait les sourcils et souriait tout en réfléchissant : elle trouvait agréable cette rêverie sur elle-même, et cette image de naissance tellurique. Ces idées un peu folles naissaient spontanément dans sa tête et lui ouvraient de nouveaux horizons. Gaïg ignorait tout de la philosophie, de ses spéculations intellectuelles et de ses explications du monde, de ses joies, de ses jeux et de ses revers. Elle se rendait compte qu'elle était en train de vivre un moment privilégié qui déciderait de son avenir, et elle voulait aller jusqu'au bout de son rêve. Ce dernier la menait inéluctablement à la mer.

La nuit était complètement tombée. Winifrid, pâmée dans son chêne, ne donnait aucun signe de vie, de même que Loki. Txabi était occupé à découvrir le monde et opérait de fréquentes allées et venues. AtaEnsic s'était allongée et gardait le silence, un œil tendrement fixé sur les lèvres de Mfuru qui causait avec Dikélédi.

En effet, la jeune Naine, toujours perplexe quant au trajet choisi par Patxi pour accéder à une sortie, avait longuement interrogé Mfuru sur la galerie de Sémah. Il lui avait confirmé ce qu'elle pressentait : la présence de multiples tunnels, tous plus ou moins reliés les uns aux autres et à l'extérieur. Pour Dikélédi, qui se trouvait pour la première fois dans ces parages dans des circonstances pour le moins impressionnantes – dans la mesure où, sous terre, elle se sentait responsable de ses compagnons –, la sagesse consistait à suivre la galerie de Sémah jusqu'au bout. Mais il ne faisait aucun doute pour Mfuru que Patxi devait connaître par cœur les lieux et qu'il n'avait pas choisi le plus court chemin pour les conduire au dehors. Pourquoi ? La question demeurait sans réponse.

Ils avaient conclu à l'impératif pour Dikélédi et ses compagnons de retrouver Mfuru et AtaEnsic, mais cette explication ne les satisfaisait qu'à moitié : Patxi aurait pu aussi bien avertir le Nain et la Licorne de l'itinéraire de sortie, et ces derniers se seraient rendus au point de rendez-vous qu'il aurait indiqué. Alors, pourquoi cette décision ? Le choix de Patxi demeurait une énigme, mais se réjouir du présent et des retrouvailles valait mieux que se perdre dans la complexité du fonctionnement d'un cerveau de Salamandar. D'autant plus que Dikélédi faisait l'expérience de la lenteur de Mfuru, la Tortue : qu'il était difficile de s'entretenir avec lui ou de lui extorquer la moindre information…

Gaïg émergea de sa rêverie et constata qu'elle serait incapable de retransmettre la moindre bribe du dialogue entre Dikélédi et Mfuru. Elle se sentit physiquement fatiguée et eut envie de s'installer pour la nuit. Sans rien dire, elle se rapprocha d'AtaEnsic et se coucha tout contre elle. Elle ne ressentait aucune peur, le monde était en ordre et elle avait le droit d'y être. Pour la première fois de sa vie, Gaïg eut l'impression d'avoir trouvé sa place. Elle se laissa aller à caresser le cou de la Licorne : comme son poil était doux!

5

WaNguira s'éloigna : il s'était assez ridiculisé comme cela et le regard de ses confrères avait été explicite. Il ne lui restait plus qu'à trouver un coin pour passer la nuit et il chercha Nihassah des yeux : elle était avec Keyah et Afo, à l'autre bout du « camp ». WaNguira se dirigea vers les trois Naines, se faisant comme réflexion qu'il y avait sans doute pire comme compagnie et que la gaieté naturelle des trois amies le dériderait peut-être, à défaut de lui apporter une solution.

La spontanéité effrontée d'Afo l'amusait plus qu'elle ne le vexait, parce qu'elle le libérait de la gravité de son rôle de grand prêtre. Il se sentait responsable des siens, il était conscient de ses devoirs envers eux et avait toujours fait de son mieux pour les guider. Mais les attentes qu'il sentait chez certains Lisimbahs l'effrayaient parfois à cause de la responsabilité et de la faculté de décision dont il se trouvait ainsi investi : en tant que représentant du pouvoir spirituel, il n'avait pas droit à l'erreur. Mukutu, si.

WaNguira s'en voulut de cette pensée injuste : la charge de Mukutu pesait aussi lourde que la sienne et certains Nains se reposaient entièrement sur eux deux pour la prise de résolutions importantes relatives au groupe. Tout au plus se permettraient-ils de critiquer le bien-fondé d'une conclusion à laquelle on était arrivé après des heures de discussion et de concertation, mais l'émission d'une idée nouvelle et sa concrétisation ne les concernait pas. Les « responsables » étaient là pour ça. Mais ce n'était pas de sa faute si la prédiction n'était pas claire et l'embarrassait : c'était justement son hermétisme qui en faisait une prophétie.

Tout en réfléchissant, WaNguira s'était approché des trois Naines.

— Puis-je me joindre à vous pour la nuit ? s'enquit-il d'une voix presque timide.

Nihassah, Afo et Keyah le regardèrent, déconcertées par son intonation maladroite, presque humble. Nihassah fut la première à se ressaisir :

— Bien sûr ! Évidemment que tu peux ! C'est avec plaisir !

Elle se rendit compte instantanément que dans son désir de mettre WaNguira à l'aise, elle en faisait trop et se tut, un peu gênée, ajoutant ainsi à la confusion du grand prêtre. Les yeux d'Afo pétillaient de malice pendant cet échange verbal et Keyah la cogna avant même qu'elle n'ouvre la bouche. Elle se contenta donc de se pousser pour lui faire de la place, en affichant un sourire angélique. WaNguira s'étendit sur le sol.

— Moi, j'aime bien les rêves, dit Keyah d'un ton nonchalant, comme si elle ne faisait que continuer une conversation déjà entreprise et à laquelle WaNguira n'avait d'autre choix que celui de participer.

— Tu les aimes tellement que tu te colles sur moi quand tu as un cauchemar, enchaîna Afo, ironique.

— Mais je ne parle pas des cauchemars, évidemment! Je veux dire les rêves agréables. Ceux auxquels je peux attribuer un sens quand je me réveille.

— Ou que tu peux continuer tout éveillée… Ah! Il était beau, ce Kikongo, il sentait bon le sable chaud…

Keyah ne put s'empêcher de rougir pendant que Nihassah et Afo pouffaient. WaNguira sourit. Il avait eu raison de venir, c'était ce qu'il lui fallait : une conversation bon enfant, légère et sans importance, malgré la gravité de la situation. Lui, en l'occurrence, aimait les rêves prémonitoires, ceux qui annonçaient le futur. Un songe qui lui expliquerait la prophétie en lui dictant ses actions serait le bienvenu. Peut-être devrait-il avaler quelques champignons sacrés qui lui ouvriraient la porte des apparences... Malgré lui, il se mit à rêver tout éveillé...

Yémanjah, la *Mère-dont-les-enfants-sont-des-poissons*... Elle était apparue à Nihassah sous la forme d'une Sirène... Ce qui était logique, puisqu'elle était elle-même la première Sirène. Mais pourquoi fallait-il que leur guide fût sa descendante? Qu'est-ce que cela cachait? Pourquoi cette présence de l'eau dans une prophétie concernant un peuple on ne peut plus tellurique? Les Nains détestaient l'eau, c'était bien connu. Alors, pourquoi Gaïg, cette Humaine à moitié Sirène? Une enfant, de surcroît! Et qui devait tout ignorer... Comment procéderait-elle, si elle ne savait même pas ce qu'on attendait d'elle? Elle n'avait aucune connaissance géographique...

WaNguira découvrit alors qu'il lui manquait un élément important pour appréhender la prophétie. Il fut horrifié par cette découverte, mais plus il la fuyait, plus elle s'imposait à lui, tyrannique et impérieuse : la foi. Il lui manquait la foi.

Depuis que Gaïg était entrée en jeu, la prophétie avait perdu toute crédibilité à ses yeux. Il n'y croyait plus. Le destin du peuple nain ne pouvait ainsi se retrouver entre les mains d'une gamine, ce n'était pas possible. Et pourtant, la réalité était là, il ne pouvait pas mettre en doute les dires de Nihassah : tout semblait concorder, s'emboîter, s'encastrer. Même la morsure des Vodianoïs n'était pas un hasard. Mais il avait perdu la trace de Gaïg…

Tout ce qu'il savait, c'est qu'elle se trouvait avec Dikélédi quelque part dans la forêt de Nsaï. Dikélédi… Une pensée cherchait à se dépêtrer des brumes de son cerveau. Dikélédi… Dikélédi… WaNguira se répétait le prénom de la jeune Naine, sans parvenir à donner naissance à la pensée qui l'agitait. Il y avait là quelque chose, il en était certain : un amas confus et nébuleux duquel se dégageait une idée maîtresse, sans qu'il parvînt à l'identifier. Dikélédi… Yémanjah… La *Mère-dont-les-enfants-sont-des-poissons*… Toutes ces appellations… La fille-de-toutes-les-Dryades.

WaNguira eut un sursaut. En un éclair, il saisit la relation entre les deux données. L'air hagard, le regard fou, il se leva, inspectant les alentours, dans le vain espoir d'apercevoir Dikélédi. En effet, qui, mieux qu'elle, vu les circonstances de sa mise au monde dans la forêt de Nsaï, méritait l'appellation de Fille-de-toutes-les-Dryades?

Afo, Keyah et Nihassah sursautèrent en voyant WaNguira se lever aussi subitement et regarder autour de lui comme s'il cherchait quelqu'un.

— Tu as fait un cauchemar tout éveillé? demanda Afo avec ironie. Qu'est-ce qui se passe?

WaNguira hésita : devait-il faire part de sa découverte aux grands prêtres en priorité? Étant donné que Nihassah avait été investie d'une mission par les dieux aquatiques eux-mêmes, il jugea qu'il n'y avait pas de mal à communiquer sa trouvaille aux trois Naines : elles étaient sensées et équilibrées, et Afo et Keyah s'étaient bien occupées de Gaïg. À cet instant, il pensa même qu'il pourrait choisir Nihassah comme successeur à la grande prêtrise... Il se tourna vers elle :

— La Fille-de-toutes-les-Dryades, c'est Dikélédi!

Afo et Keyah saisirent immédiatement l'allusion, mais il fallut expliquer à Nihassah les circonstances de la naissance de Dikélédi. La déduction de WaNguira leur semblait plausible, et c'est avec un regain d'assurance qu'il alla l'annoncer à WaNDéné et à WaNtumba.

Si les Nains se montraient plutôt lents de nature, une chose au moins fonctionnait rapidement chez eux : la circulation des nouvelles. En un instant, ce fut l'effervescence. Même ceux qui s'étaient déjà installés pour dormir se levèrent : chacun allait de groupe en groupe dans l'espoir d'en apprendre davantage.

La nuit était bien avancée quand l'excitation retomba et que la fatigue eut raison de chacun. Les trois grands prêtres tinrent conseil et débattirent longuement entre eux, mais la discussion n'aboutit à rien. L'identification de la descendante de Yémanjah et de la Fille-de-toutes-les-Dryades avait d'autant moins résolu le problème que les deux protagonistes de l'histoire étaient absentes.

WaNguira se demandait si les parents de Dikélédi, Doumyo et Mvoulou, étaient au courant du rôle que leur fille était appelée à jouer dans la prophétie. Selon toutes les apparences, il semblait que non, mais peut-être qu'eux aussi avaient reçu une « mission secrète », tout comme Nihassah… Le grand prêtre était partagé entre l'idée de se rendre tout de suite auprès d'eux pour se renseigner et celle de rester sur place, dans l'attente du retour de Gaïg et de Dikélédi.

Las de toutes ces émotions et de tous ces rebondissements, énervé par son incapacité à décider quoi que ce soit, WaNguira s'assit le dos contre un arbre et s'endormit en bougonnant, avec l'arrière-pensée que Nihassah pourrait fort bien assumer le rôle de grande prêtresse un jour.

De leur côté, Mukutu, Mongo et Séméni, bien que chefs de tribu, n'étaient pas plus avancés. Se tenant à proximité des grands prêtres, ils avaient abondamment commenté ce qui se disait et délibéré jusqu'à épuisement sur les différentes attitudes à adopter, mais n'avaient pas tranché. Excédés et exténués, ils s'étaient couchés en maugréant eux aussi.

La perplexité régnait dans les esprits et plusieurs Nains firent des cauchemars, principalement les Pongwas et les Affés : on les dépouillait de leur trésor. Des mains brunes et calleuses détachaient des colliers, enlevaient doucement bagues et bracelets, desserraient des ceintures et cherchaient même à s'introduire sous les chemises. Les Nains avaient un sommeil lourd à cause de la fatigue causée par la journée de marche, mais fort agité : ils changeaient sans cesse de position, effectuaient des mouvements de défense dans leur sommeil, se débattaient mollement, s'enroulaient dans leur veste et resserraient leurs ceintures.

Toute la nuit se passa pour certains à combattre des mains basanées dociles et fuyantes, qui ne résistaient pas quand on les éloignait. Mais qui revenaient à la charge, insistantes et cajoleuses, à la fois amies et avides. C'était un combat d'une douce intensité, où la persistance l'emportait sur la violence. La lutte dura longtemps, silencieuse, chaude et courtoise, sourde et obstinée, exacerbée par l'idée d'un présent mouvementé et d'un avenir instable dans des cerveaux brouillés par la lassitude. Puis le calme se rétablit.

Jusqu'au petit matin quand le glapissement d'une jeune Naine en furie réveilla toute la compagnie.

— Je l'ai! Je le tiens! Je ne le vois pas, mais je le tiens! Je le sens! Il est là!

Puis se rendant compte que personne ne comprenait se qui se passait, elle s'égosilla de plus belle :

— C'est un voleur! Il m'a tout pris! Il a mis sa main dans ma chemise. Je le tiens!

Ses compagnons ne réagissant pas assez vite à son gré, elle hurla :

— Il m'a violée! Il m'a vioééééééééée!

Des Nains endormis s'approchèrent lentement, essayant de repousser les brumes qui s'attardaient encore sur leurs paupières lourdes de sommeil, pour tenter de comprendre la situation : Kalenda, une jeune Pongwa, luttait avec frénésie contre un adversaire invisible, qu'elle qualifiait à la fois de voleur et de violeur.

La situation aurait pu s'éterniser si Keyah et Afo, femmes d'expérience avec une revanche de retard, ne s'étaient pas précipitées au secours de Kalenda en ajoutant leurs vociférations aux siennes :

— C'est un Pookah! Il ne faut pas le laisser s'échapper.

— Je le tiens! Je le sens! Je le pince! Ça lui apprendra!

— Il t'a vraiment violée?

— Non! Oui! Il m'a voléééééée! Voleur! Rends-moi mes bijoux!

Une main brune apparut, qui laissa tomber une poignée de joyaux sur le sol. Mais Afo, Keyah et Kalenda ne relâchèrent pas leur étreinte pour autant.

D'autant plus que l'agitation devenait générale chez les Nains qui se trémoussaient de plus en plus fort en hurlant. Visiblement, Kalenda n'était pas la seule victime…

6

Dans son sommeil, Gaïg mélangea les rêves marins et souterrains. Des galeries immergées se vidaient de leur eau au fur et à mesure que des pierres ponces géantes remontaient flotter à la surface en dégageant l'ouverture de nouveaux boyaux. Les pierres se transformaient en poulpes géants dont les tentacules formaient des galeries et les ventouses devenaient des pierres qui se changeaient en poulpes à leur tour, libérant sans fin de nouveaux tunnels. Des Nains se tenaient sur une côte, prêts à traverser un bras de mer sur le pont formé par un tentacule pour se rendre sur une île où les attendaient leurs semblables. Le spectacle des Nains progressant d'île en île sur des ponts tentacules se répétait plusieurs fois. Dikélédi les accueillait sur la dernière île, dans le sol aride de laquelle Winifrid plantait un coquillage sous l'œil inquisiteur d'un bébé centaure. Les ventouses des ponts scintillaient au soleil, se métamorphosant en pierres précieuses que Gaïg donnait à manger à une Sirène mâle. Elle se réveilla avec un cri quand la Sirène lui mordit la main.

— *C'est le soleil qui te brûle?* demanda Loki, moqueur.

— *À mon avis, c'était un cauchemar!* commenta Winifrid, compréhensive. *Tu devrais la rassurer au lieu de te moquer d'elle.*

— *Retour à la réalité, hé! hé!* se moqua Loki qui attrapa Txabi par la queue et le lâcha sur elle. *Tu es maman maintenant, tu es responsable de lui! Et c'est l'heure de la tétée...Hé! hé!*

Chaque fois que Txabi essayait de se sauver, Loki le rattrapait et le laissait tomber sur Gaïg qui avait d'autant plus de mal à retrouver ses esprits. L'énervement envahit tout à coup Gaïg, à la surprise générale :

— Ça suffit, Loki! Tu m'énerves! Arrête! J'en ai plus qu'assez de toi! Va-t'en!

Winifrid intervint immédiatement et immobilisa fermement un Loki fasciné par la violence verbale de Gaïg, visiblement prêt à continuer ce qui, pour lui, n'était qu'un jeu de plus.

Dikélédi et AtaEnsic se rapprochèrent de Gaïg dans l'espoir de la calmer tandis que Txabi se tenait timidement loin d'elle, prêt à détaler.

— Ce n'est pas de ta faute, Txabi, tenta de le rassurer Gaïg. C'est lui le coupable! Viens!

Le bébé salamandar ne bougea pas malgré la tentative de Gaïg pour le tranquilliser, et elle dut s'approcher pour le prendre dans ses bras. Elle lui parla doucement et se rendit compte au bout d'un moment que tous faisaient cercle autour d'elle, y compris un Pookah plein de curiosité :

— C'est de ta faute s'il a eu peur, déclara-t-elle sévèrement à Loki.

— *C'est vrai, Loki,* ajouta Winifrid, *tu ne réfléchis jamais aux conséquences de tes actes. Rappelle-toi ce que tu as fait à la mère de Dikélédi!*

— Et alors? répondit Loki avec effronterie. Ça vous a un peu sortis de vos chênes et de leurs glands! Grâce à moi, les Dryades ont eu une fille à aimer! Vous l'adorez, cette petite!

Il haussa les épaules et s'éloigna dans un sentier qui s'enfonçait dans la forêt.

— *Quelle mauvaise foi!* s'exclama Winifrid, outrée.

Puis, se tournant vers Dikélédi, elle corrigea ce qu'elle avait dit :

— *Enfin, non. Je ne veux pas dire qu'on ne t'aime pas. Mais il aurait pu te laisser naître tranquillement chez toi, au lieu que ça se passe dans une forêt en plein air…*

— S'il y en a une qui doit se plaindre, ce n'est pas moi, objecta Dikélédi. Ma mère, peut-être. Pour ma part, je ne me suis rendu compte de rien... Mais je suis bien contente, maintenant. Et j'ai hâte de retrouver la forêt de Nsaï...

Une pensée commune les unit tous : celle du retour au bercail. Sauf Gaïg. Son bercail n'était pas le même. Elle ne pouvait pas retourner à Nsaï comme si c'était chez elle. Ni même au village. À la fois hésitante et déterminée, elle fit un pas en avant pour prendre la parole et annoncer que le temps était venu de se séparer : elle continuerait vers le sud, vers la mer. Mais Winifrid la devança :

— *Et si on grignotait quelque chose? J'ai un petit creux...*

— Il y a des baies dans les buissons, annonça AtaEnsic en s'éloignant pour brouter.

Rien ne pressait, après tout, et Gaïg se sentit presque soulagée par cette intervention qui retardait le moment d'informer les autres de sa décision. Chacun partit dans une direction différente, en quête de nourriture.

Gaïg se fit comme réflexion qu'elle commençait à en avoir assez de ce régime végétarien : c'était dans la nature d'AtaEnsic d'être herbivore, Winifrid devait sans doute respecter la vie sous toutes ses formes, peut-être Loki aussi – encore que… –, et Dikélédi et Mfuru y étaient habitués depuis leur plus jeune âge.

Les Nains, sans être végétariens au sens strict du terme, mangeaient peu de viande : leur vie souterraine ne se prêtait guère aux activités d'élevage. Ils se procuraient des produits laitiers auprès des Hommes de la côte, principalement des fromages : les œufs supportaient rarement le voyage, le lait, en tournant, devenait fromage lui-même, et la viande ne se conservait pas longtemps. De plus, leur nature indépendante les poussait à vivre le plus possible en autarcie et ils préféraient se contenter de ce que la nature leur offrait : fruits, baies, champignons, tubercules, feuilles, etc. Ils avaient développé une connaissance assez approfondie de la botanique en matière de nourriture et avaient osé des associations végétales qui, pour curieuses qu'elles soient, n'en étaient pas moins succulentes. Mais aucun interdit moral ou religieux ne pesait sur la viande ou le poisson, et Nihassah avait profité plus d'une fois des produits de la pêche de Gaïg.

Cette dernière, poussée par une faim aiguisée à la pensée d'une pêche miraculeuse, dévorait les baies qui se présentaient, sans même se rendre compte qu'elles ne venaient pas toutes à elle au bout d'une queue. Elle rêvait de crabes, de poissons, d'algues, de coquillages, de crevettes et elle sursauta quand une « tige » brune et ridée aux doigts d'une propreté douteuse lui présenta un escargot toutes cornes dehors.

— Loki! rugit-elle, avant de foncer dans le buisson.

Ses compagnons s'étaient arrêtés, distraits de leur cueillette, et attendaient une suite qui ne venait pas : Loki s'était évanoui une fois de plus dans la nature, sans laisser aucune trace de son passage, sinon une Gaïg rouge et furibonde qui émergeait d'un buisson.

C'est à ce moment qu'un autre cri retentit, un hennissement de surprise apeurée qui se mua très vite en hurlements de colère et en appels au secours. Pour la première fois de sa vie, Mfuru réagit vivement et fut le premier à se précipiter en hurlant :

— AtaEnsic!

Loki surgit du sentier, haletant et bouleversé :

— C'est AtaEnsic! Des Hommes! Des chasseurs! Ils l'ont enlevée! Je les ai vus! Ils sont partis avec elle.

Il repartit aussi vite. Gaïg, Dikélédi et Winifrid se précipitèrent à sa suite et eurent le temps d'apercevoir un groupe d'Hommes à cheval qui disparaissait dans le lointain.

Mfuru suivait, mais il était évident qu'il ne les rattraperait pas. Loki détalait devant les trois filles et il n'arrêta sa course qu'à la hauteur du Nain.

— Arrête, Mfuru, haleta-t-il, ça ne sert à rien.

Mais Mfuru ne voulut rien entendre et continua d'avancer. Il était déjà hors d'haleine et savait que très vite il lui faudrait ralentir le pas. Les Nains étaient endurants et pouvaient marcher pendant des jours et des jours sans s'arrêter, mais la course à un rythme soutenu leur était difficile.

— Arrête, Mfuru, répéta Loki. Il faut attendre les autres.

Mfuru le foudroya du regard, mais ralentit son allure :

— Attendre les autres? Mais c'est AtaEnsic qui a besoin d'aide!

— On la délivrera. Mais tous ensemble. Pas toi tout seul. Tu ne pourras pas.

Mfuru se rendit compte que Loki avait raison, et s'immobilisa, le souffle court. Il ne voyait déjà plus le groupe d'Hommes. Mais leur piste était facile à suivre avec le sol piétiné et les feuilles et herbes arrachées. Le Nain se jura de ne pas abandonner sa poursuite tant qu'il n'aurait pas retrouvé son amie. Cependant, il lui faudrait réfléchir et utiliser la ruse.

Gaïg, Dikélédi et Winifrid arrivèrent rapidement, essoufflées et stupéfaites : tout s'était passé si vite. Pour différente que fût leur expérience des Hommes, elles savaient qu'elles devaient s'en méfier : ils n'étaient pas toujours fiables ou même simplement fréquentables.

Gaïg était encore celle qui les connaissait le mieux et ses souvenirs demeuraient amers. Elle connaissait leur amour de l'argent : ils essaieraient de vendre AtaEnsic. Pourvu qu'ils ne se rendent pas compte que c'était une Licorne ! Dire que c'était peut-être son absence de corne qui la sauverait, en faisant d'elle un cheval ordinaire... Ils avaient dû la prendre pour un cheval sauvage en liberté... À moins qu'ils n'aient vu qu'elle n'était pas seule : auquel cas, ce n'étaient pas de simples chasseurs, mais des voleurs.

La situation se compliquait. On pouvait difficilement expliquer à des chasseurs que l'animal qu'ils avaient capturé n'était pas sauvage et appartenait à quelqu'un, et encore moins à des voleurs, dont l'occupation principale était justement de subtiliser le bien d'autrui. Et puis AtaEnsic appartenait-elle à quelqu'un ? À qui ? Sa relation privilégiée avec Mfuru ne faisait pas de ce dernier un propriétaire... Mais on ne pouvait pas non plus abandonner la Licorne à ces individus cruels et sans scrupules! Gaïg se sentit prête à se jeter au secours d'AtaEnsic : elle le lui devait bien, après tout, puisque Asa Gaya, la belle Licorne mâle à la robe noire l'avait guérie. Elle fit une suggestion aussitôt :

— Mfuru, tu vas les filer. On ne pourra pas marcher aussi longtemps que toi. Tu nous laisseras des indications pour nous indiquer la piste à suivre. Je suis sûre qu'ils iront dans les villages pour se ravitailler. Et même pour la vendre... À moins qu'ils n'aient un repaire dans le bois... De toute façon, ils vont bien finir par faire une halte, ne serait-ce que pour les chevaux. Ce qu'il faut, c'est ne pas perdre leur trace.

— *Une fois dans la forêt, je peux avancer assez vite dans les arbres,* annonça Winifrid, *et Loki aussi. S'il fait nuit, nous pourrons la délivrer sans qu'on nous voie. Mais pour cela, il faut la rattraper.*

— Je resterai avec Gaïg et Txabi, déclara Dikélédi. Partez en avant, on vous suit.

Mfuru, maintenant qu'il s'était arrêté, mesurait l'étendue de sa peine et de son angoisse. Il se sentait amputé et, pour lui qui n'avait jamais eu d'ami véritable à cause de sa proverbiale lenteur, c'était la pire des douleurs, une moitié de lui-même qui avait été déchirée et emportée. La souffrance était non seulement mentale, mais physique et spirituelle : il savait qu'il ne s'en remettrait pas, à moins de libérer AtaEnsic. Cette Licorne bohême représentait tout pour lui : sa richesse, sa perle, son bijou, sa reine, sa duchesse, celle qui l'avait bercé dans son giron vainqueur et qui avait réchauffé son cœur.

Il la retrouverait, dût-il passer sa vie à la chercher. Il réfléchit « rapidement » – ce qui était une preuve de son désordre intérieur face au cataclysme qui s'était abattu sur lui – à ce que lui proposaient ses amis et convint, après un moment, que c'était la meilleure solution : il ne pouvait rien faire d'autre pour l'instant, sinon se lancer sur les traces des voleurs.

— Le sentier va vers le sud, les informat-il. Au bout, il n'y a qu'un seul passage pour traverser les montagnes de Sangoulé par la surface : la vallée de la Yoruba. Autrement, il faut aller très loin à l'est ou à l'ouest. Ils vont sans doute essayer de rejoindre les nouveaux villages de la côte, de l'autre côté de la montagne. Je vous mettrai les indications sur le sol avec des pierres ou des branches quand il y aura une intersection.

— On te suit, souffla Gaïg. Je suis sûre qu'AtaEnsic fera tout pour laisser des traces elle aussi. Et elle s'arrangera sans doute pour les retarder! Vas-y!

Mfuru partit à une allure si précipitée que ses camarades en furent ébahis :

— Je ne savais pas qu'il pouvait se dépêcher, s'étonna Dikélédi. Il est dans un triste état, le malheureux.

— *Pauvre AtaEnsic, surtout*, précisa Winifrid bouleversée. *Elle n'a vraiment pas de chance avec les Hommes. Elle est capable de se laisser mourir si elle perd tout espoir de retrouver sa liberté.*

— Ils l'ont prise par surprise, mais si elle se laisse aller à une de ses crises de folie, ils regretteront leur capture, lâcha Loki sur un ton fulminant. On y va ?

Il se mit en route, suivi de Winifrid qui avançait, légère et silencieuse. Très vite, ils se fondirent dans le paysage et on ne les vit plus.

— Une fois dans le bois, ils seront plus rapides, précisa Dikélédi.

— Mais les autres ont quand même de l'avance, constata Gaïg. Et ils sont à cheval, de surcroît. Viens, Txabi, je te porterai.

— Si Winifrid arrive à mettre les arbres de son côté, ces derniers pourront les ralentir eux aussi. Ils peuvent même se resserrer et boucher le passage. Mais il leur faut du temps... Les autres sont déjà assez loin.

— De toute façon, il faudra bien qu'ils s'arrêtent tôt ou tard. Ne serait-ce qu'en arrivant à la mer...

7

Le Pookah prisonnier arrêta enfin de se débattre. Il n'avait pas ouvert la bouche pendant toute la scène. WaNguira s'approcha :

— Il ne faut pas le regarder en face si vous voulez le voir. Dirigez votre regard plutôt à côté et il vous apparaîtra.

Le grand prêtre n'avait pas l'air fâché ni même décontenancé par le vol, alors que les hurlements continuaient autour d'eux, la clameur collective s'accroissant au fur et à mesure de la découverte de nouvelles disparitions. Afo, Keyah et Kalenda suivirent ses conseils, et essayèrent de percevoir les contours de la créature qu'elles retenaient captive.

— Mais il est vieux! s'exclama Afo avec une franchise déconcertante. Il est tout ridé. Et en plus il rit! Quel culot! Tu n'as pas honte, voleur?

Le « voleur » essaya d'adopter un air affligé, mais n'y réussit pas. Kalenda sentait la colère la gagner de nouveau : elle avait récupéré les bijoux rendus sur le sol, mais il en manquait.

— Mes bijoux! Rends-moi mes bijoux!

Elle sentait monter la violence en elle, d'autant plus que les autres Nains dépouillés s'avançaient, menaçants. Le Pookah n'avait pas l'air de se rendre compte de la gravité de la situation : déposséder un Nain de son trésor équivalait à un arrêt de mort pour le pillard, tout Pookah fût-il. Mais le détenu semblait avoir une confiance illimitée en sa bonne étoile et continuait à sourire.

WaNguira, connaissant ses frères, chercha à gagner du temps :

— Ça ne sert à rien de le maltraiter. Ce qu'il faut, c'est récupérer votre trésor.

— On le retrouvera, le trésor, même si on doit raser la forêt pour cela! proclama un Affé furieux répondant au nom d'Aligo. Mais lui, il faut lui passer à jamais l'envie de recommencer.

— Et à ses frères aussi! ajouta Batoli, un autre Affé. Il n'était pas seul! Tous ces rêves que j'ai faits cette nuit, ce n'étaient pas des rêves.

— Coupons-lui les mains, conseilla Aligo. Le tuer, c'est trop facile : il n'aura pas le temps de regretter.

— Ce n'est pas seulement les mains que je lui couperais! reprit Batoli. Regardez ses vilaines oreilles!

WaNguira sentait que la situation s'aggravait et que le temps pressait. Il cherchait vainement une solution pour retarder le moment où les Pongwas et les Affés se jetteraient sur leur victime afin de la réduire en bouillie. Car le Pookah n'en réchapperait pas, il en était sûr. Couper les mains ou les oreilles, pour barbare que cela fût, ne constituerait que le premier stade d'une longue torture qui ne se terminerait qu'avec la mort de la créature. Et visiblement, ladite créature, toujours hilare et silencieuse, ignorait le sort qui l'attendait. « Les Pookahs sont-ils donc stupides? » s'interrogea WaNguira.

Puis juste après, lui-même se trouva stupide en s'entendant questionner le Pookah :

— Où sont les bijoux?

Comme s'il allait répondre... Les voleurs n'ont pas pour habitude de dévoiler la cachette de leur butin. À la surprise générale, le Pookah s'esclaffa :

— Ils sont près du ruisseau. On les a lavés!

Les Nains se précipitèrent en une course effrénée vers le cours d'eau : effectivement, un somptueux et scintillant étalage de joyaux prestigieux était agencé de façon à décorer le sol et les buissons alentour. Un fabuleux spectacle s'offrait aux Nains, d'autant plus captivés qu'ils reconnaissaient leurs parures incomparables dans ce splendide débordement lumineux.

— Et tu ne pouvais pas le dire avant? s'exclama WaNguira, furibond.

— Tu ne m'avais pas demandé! fut la réponse lancée au milieu d'éclats de rire qui se multiplièrent, issus des arbres voisins.

Apparemment, il y avait des spectateurs. En entendant cette réplique, WaNguira, excédé par son incapacité à maîtriser le cours des événements, sentit une pulsion meurtrière l'envahir et il eut envie d'étrangler la créature de ses propres mains. Mais cette attitude étant indigne d'un grand prêtre, il fit un effort héroïque pour se calmer.

— Ah, il suffit de te demander... constata-t-il d'un ton ostensiblement amène et cordial.

Puis, sans transition, il hurla sauvagement à la face du Pookah qu'il aspergea d'une giclée de postillons : « Où sont Gaïg et Dikélédi? », se libérant ainsi de toute les tensions accumulées ces derniers temps.

— T'énerve pas comme ça, Vieux, suis pas sourd! répliqua le Pookah avec une effronterie frisant l'inconscience. Mais je peux aller aux renseignements, si tu veux...

— Je veux! brama WaNguira, déchaîné.

— Faudrait voir à me libérer, alors...

Keyah lâcha immédiatement le Pookah, mais Afo et Kalenda n'étaient pas prêtes à laisser échapper leur proie. Elles le maintenaient toujours fermement, même s'il ne se débattait plus. Tant que le grand prêtre n'aurait pas émis un ordre clair et compréhensible, elles ne seraient pas taxées d'insubordination. Elles espéraient secrètement que les autres Nains auraient le temps de revenir avant que WaNguira ne prononce la commande fatidique, mais ces derniers, tout à la joie d'avoir remis la main sur leur trésor, avaient momentanément oublié le prisonnier.

Désobéir à un grand prêtre équivalait à se rendre coupable d'une faute grave et inexcusable, mais si des Nains s'unissaient pour montrer leur désaccord, ce n'était plus de la désobéissance. Afo était plus impulsive qu'indocile et Kalenda était toujours sous l'emprise de la colère, ce qui expliquait leur obstination à garder le Pookah captif. WaNguira était un Nain intelligent, capable d'appréhender une situation par le biais de l'intuition – ce qui était rare pour un Nain mâle – et il comprenait la réticence des deux femmes. Mais l'enjeu était de taille et le jeu en valait la chandelle. Il prit donc le risque de rendre au Pookah sa liberté.

— Relâchez-le, ordonna-t-il plus doucement.

Afo et Kalenda ne pouvaient qu'obéir, mais l'expression de leur visage était plus éloquente que n'importe quelle parole. On pouvait lire un regret déchirant dans leurs regards et leurs mains s'attardèrent sur le corps du Pookah qu'elles avaient du mal à laisser partir.

— Mais elles me caressent, les deux dames! lança ce dernier avec lasciveté, en se relevant lentement. Je peux rester encore, si vous voulez...

Deux furies le firent virevolter et le poursuivirent en le tapant et en le pinçant jusqu'à ce qu'il disparaisse en riant. WaNguira se demanda quelle confiance il pouvait accorder à un être aussi volage et superficiel…

Le Pookah s'éclipsa dans la forêt en un rien de temps et le grand prêtre pensa finalement qu'il n'avait rien à perdre en lui faisant confiance. Les Nains n'auraient pas pu le garder éternellement prisonnier : il se serait sauvé tôt ou tard, avec ou sans l'aide des siens. De toute façon, il n'était pas question de lui faire le moindre mal, ou encore de le tuer : la forêt de Nsaï était sacrée et ses habitants étaient protégés. WaNguira imaginait difficilement une guerre entre les Nains et ceux de Nsaï, c'était même impensable.

De plus, Gaïg et Dikélédi se trouvaient toujours dans la forêt. Garder le Pookah en otage en échange des deux filles? Mais elles n'étaient pas prisonnières… Les choses étaient bien ainsi et si le Pookah ne reparaissait pas, les Dryades donneraient des informations à un moment ou un autre. Maintenir Gaïg et Dikélédi captives dans la forêt de Nsaï ne présentait aucun intérêt pour elles. Et si les Licornes avaient accepté d'aider Gaïg à soigner sa blessure, c'était bien qu'elles ne représentaient pas des ennemies. WaNguira envisagea l'hypothèse d'une trahison de leur part, puis secoua la tête : il perdait l'esprit, à force de réfléchir et d'échafauder des hypothèses.

Les autres Nains revenaient, brillant de mille feux avec leurs bijoux : ils n'avaient pas pour habitude de les porter à l'extérieur et les reflets du soleil sur les gemmes leur permettaient de redécouvrir la magnificence de leur collection. Ils admiraient les parures créées par chacun d'eux et ils s'étaient mis à discuter orfèvrerie, à parler taille et sertissage, températures de fonte et résistance des alliages. Sujet passionnant qui retardait d'autant la prise de conscience de la remise en liberté du Pookah, pensa WaNguira.

Il fallait laisser aux esprits le temps de se calmer après ce « vol » et le grand prêtre s'éloigna. Les Pookahs ne respectaient rien, ils ne pensaient qu'à s'amuser, et le jeu se révélait d'autant plus excitant qu'il présentait des difficultés : dérober le trésor des Nains alors qu'ils le portaient sur eux avait dû se révéler une activité captivante et les occuper une bonne partie de la nuit. Ils œuvraient pour la beauté du geste, la perfection de l'action, puisqu'ils n'avaient même pas songé à cacher leur larcin : ils s'étaient contentés de nettoyer les parures souillées par la boue destinée à les cacher aux regards extérieurs et de les disposer joliment à la lumière.

WaNguira sourit malgré lui : il y avait là une fortune incommensurable, mais les Pookahs, en se préoccupant uniquement de sa mise en valeur d'un point de vue esthétique, ne donnaient-ils pas un éclairage nouveau au trésor nain ? Celui de l'art pour l'art ? La beauté pour la beauté ? Après tout, les pierres précieuses n'étaient-elles pas faites pour reluire au soleil du petit matin ?

Le grand prêtre ne niait pas le sens artistique de ses frères. Mais l'effort fourni pour créer un chef-d'œuvre enchaînait l'artiste à jamais. Sa création devenait son bien, sa chose, avec un sens invétéré de la possession. Et comme un enfant étouffé par une génitrice trop possessive, l'œuvre ne vivait pour ainsi dire pas sa vie d'œuvre d'art. Elle était confinée aux regards des Nains, qui l'admiraient, certes, ayant la culture nécessaire pour l'apprécier. Mais ne serait-il pas possible de créer un objet d'art dans la seule perspective du don? Pourquoi garder jalousement pour les siens ces chefs-d'œuvre? N'était-il pas possible de les exposer afin que tous en profitent?

WaNguira soupira : il rêvait. Aucun Nain ne se séparait volontiers d'une de ses créations, quelle qu'elle soit, même un simple outil de jardinage. Tout se vendait à prix d'or. Imaginer qu'un Nain offre son ouvrage aux Hommes par exemple était une pure aberration.

Il se souvint qu'il avait promis une chaîne à Gaïg. Il montrerait le chemin aux siens, en lui offrant le plus beau collier qui soit. Il créerait quelque chose de parfait en sachant dès le départ que ce n'était pas pour lui. Ce serait SON chef-d'œuvre, destiné à une humble petite créature, une fillette moitié humaine moitié Sirène.

WaNguira marchait tout en réfléchissant : il était content. Cela faisait longtemps qu'il n'avait pas éprouvé ce sentiment de paix avec lui-même. Il s'assit nonchalamment au pied d'un chêne. Le sol était jonché de glands. Il en ramassa un, apprécia sa forme du bout des doigts, et le mit négligemment dans sa poche. Que la nature était belle! Il se dégageait de cette forêt une telle impression de paix que WaNguira se demanda si les Nains ne pourraient pas choisir de vivre à l'air libre, là même, à la lisière du bois.

Ce devait être une mauvaise idée parce qu'il n'eut pas le temps de l'approfondir : deux Dryades, comme surgies du sol, se tenaient en face de lui.

— *Bonjour. Nous sommes…*

— Alanag et Dilys! Je me souviens de vous. Bonjour.

— *Les Pookahs vous présentent leurs excuses pour la farce de cette nuit,* confia Dilys. *Celui que vous aviez capturé s'appelle Tweedledum. Il nous a dit que vous désiriez avoir des nouvelles de Gaïg et Dikélédi.*

— Je suis heureux de constater que Tweedledum est un Pookah digne de confiance, répondit cérémonieusement WaNguira.

Ces Dryades lui apparaissaient décidément bien jolies et il pensait que dans une prochaine vie, il se réincarnerait volontiers en chêne : tant qu'à être chenu, il valait mieux l'être en arbre plutôt qu'en Nain, avec de telles compagnes pour prendre soin de vous… WaNguira gloussa intérieurement : un tel manque de sérieux chez lui! Manifestement, les Pookahs étaient contagieux. Alanag et Dilys rosirent, sans qu'on pût dire si elles suivaient le fil de ses pensées. Alanag reprit :

— *Les Licornes ont soigné Gaïg mais sa blessure devait être cautérisée par les Salamandars.*

Le grand prêtre sursauta. Les Salamandars? Ils n'étaient pas spécialement amis des Nains, à cause de sombres histoires de territoires que les siens n'avaient pas voulu partager. « Que les Nains sont possessifs, décidément! » se dit-il.

— *Elle est partie avec Dikélédi vers les sources chaudes de Tcolawitsé.*

WaNguira avala péniblement sa salive. Gaïg et Dikélédi se trouvaient donc à l'opposé, de l'autre côté de la forêt de Nsaï. Que c'était loin! Étaient-elles en sécurité là-bas? Avec des Salamandars de surcroît? Mais Alanag continuait, imperturbable :

— *Il y a peu, nous avons appris qu'elles se sont retrouvées prisonnières dans la galerie de Sémah à cause d'un effondrement de terrain. Il y avait aussi une Dryade et un Pookah avec elles.*

WaNguira tressaillit : il n'était plus très sûr de ce qu'il entendait, il ne voulait pas y croire. Il répétait dans sa tête les phrases d'Alanag, mais elles restaient en surface : comme si son cerveau refusait de s'imprégner de la réalité des faits. Il commença à transpirer : il avait chaud, envie d'uriner, de bouger, de courir, de hurler, et il restait là, effondré, cloué au sol. Alanag poursuivit, calme et placide :

— *Gaïg a été soignée. Un Salamandar a conduit tout le groupe à l'extérieur. Tout va bien.*

WaNguira respira et se répéta les deux phrases clés : « Gaïg a été soignée », « Tout va bien ». Il se les redit plusieurs fois, ça le rassurait. Ce n'était qu'un petit éloignement géographique, qui retarderait un peu les retrouvailles. Gaïg et Dikélédi étaient en bonne santé, c'était le principal.

— *Gaïg et Dikélédi sont sorties à l'autre bout de la galerie de Sémah, près de Sangoulé.*

Si loin! Elles étaient arrivées si loin! Si WaNguira n'était pas déjà assis, il se serait laissé tomber sur le sol.

8

Gaïg et Dikélédi avaient vite été distancées par les autres. Elles avaient avancé d'un bon pas toute la matinée et progressaient sous les arbres depuis un moment. Mfuru, emporté par le désespoir, devait battre des records de rapidité, pensaient-elles. La piste des cavaliers était encore fraîche : en plus des herbes piétinées ou des empreintes laissées dans les endroits où le sol s'était révélé boueux, il y avait des tas de crottin dont la provenance était on ne peut plus facile à identifier.

Plusieurs fois, des pierres disposées en forme de flèche avaient indiqué la direction à suivre : étant donné qu'il n'y avait eu aucune intersection, les deux filles avaient supposé que les signaux étaient là pour garder le contact et montrer que Mfuru n'avait pas perdu la trace des voleurs.

— Est-ce que tu crois que Loki pourrait modifier le sens des flèches? demanda Gaïg à Dikélédi.

— J'espère que non. Mais les Pookahs sont capables de tout, quand il s'agit de faire une farce. Pourvu que Winifrid le surveille…

— Tant qu'il n'y a pas de croisements, nous ne risquons rien.

Elles continuèrent d'avancer en devisant pendant un moment, puis finirent par se taire. La fatigue se faisait sentir.

— J'ai l'impression que je n'ai fait que marcher tous ces derniers jours, constata Gaïg d'une voix morne.

— Ce n'est pas seulement une impression, c'est la réalité. Finalement, ça doit être bien de se déplacer à cheval. Mais je crois que j'aurais peur…

— La rivière coule au fond de la vallée. On l'entend. On pourrait se laisser porter par le courant…

Dikélédi réprima un frisson :

— Non merci. C'est froid et ça mouille! Et puis, on ne peut pas quitter le sentier comme ça… Regarde!

Quelques fruits avaient été placés à côté d'un tas de pierres disposées en flèche sur le sol.

— C'est pour qu'on ne s'arrête pas pour chercher de la nourriture, poursuivit Dikélédi.

On perdrait du temps. Elle pense à tout, Winifrid. Elle a peut-être déjà rattrapé Mfuru.

— On peut faire une pause, alors. Je suis épuisée!

— Juste le temps de manger, dans ce cas.

Gaïg déposa Txabi et se laissa tomber sur le sol :

— Je t'avertis que si tu t'éloignes, je ne partirai pas à ta recherche, Txabi.

— Hi! hi, la mauvaise mère qui abandonne son enfant! s'écria Loki en sautant du haut d'une branche. Heureusement que j'arrive à temps pour l'adopter, hé! hé!

Les deux filles sursautèrent en reconnaissant Loki, mais ne cherchèrent pas à cacher leur soulagement : elles ne s'étaient donc pas perdues puisqu'il les avait retrouvées, et si le chemin leur avait paru long, elles étaient en train de l'oublier. Loki s'empressa de leur donner les dernières « nouvelles » : il n'y avait rien de changé. Les brigands continuaient vers le sud par le même chemin. Mfuru ne les avait pas rattrapés, mais Winifrid l'avait rejoint.

— Mais ils vont s'arrêter pour la nuit? demanda Gaïg.

— Qui ça, « ils »? Les voleurs? Comment veux-tu que je le sache? Je ne suis pas un voleur, moi...

Gaïg ne put s'empêcher de sourire.

— Hum! Certes non, je n'irais pas jusque-là… riposta-t-elle avec ironie en serrant sa Pierre des voyages dans sa poche. Mais Mfuru et Winifrid? Il faudra bien qu'ils se reposent, non?

— Je pense que Mfuru va continuer tant qu'il n'aura pas retrouvé AtaEnsic. Et Winifrid également. Et moi aussi, hi! hi! Je vais les rejoindre. Au revoir!

Ayant dit cela, Loki disparut dans les branches. Gaïg posa à Dikélédi la question qui la tourmentait :

— Mais comment font-ils pour avancer aussi vite? Ils ont réussi à rattraper Mfuru! Nous n'avons pas flâné, pourtant…

Dikélédi éclata de rire :

— Ils volent, tout simplement!

Puis elle poursuivit :

— Les arbres les aident. Dans la forêt, ils ne marchent pas sur le sol comme nous. Ils grimpent aux arbres et se lancent de branche en branche en profitant de l'élan donné par les branches quand elles se redressent. Donc ils vont deux fois plus vite.

— C'est incroyable! Dommage qu'on ne puisse pas faire pareil… Tu crois que ça marcherait pour nous, si on essayait?

Dikélédi rit de nouveau :

— Non, malheureusement. Les arbres ne le font que pour les Dryades et les Pookahs. Ils ne les laissent jamais tomber.

Puis, après un instant de réflexion, elle conclut :

— Eh bien, je pense que nous pouvons nous remettre en route. On fera une pause ce soir.

— De toute façon, l'important, c'est que nous nous dirigeons vers la mer.

Dikélédi interrogea Gaïg du regard et celle-ci avoua alors à la jeune Naine sa décision : elle ne retournerait pas à Nsaï, elle avait l'intention de s'installer dans un village près de la côte. Dès qu'AtaEnsic aurait été libérée, Gaïg irait vers l'océan. Dikélédi n'afficha aucune réaction.

Elles continuèrent à marcher jusqu'au soir, s'arrêtant de temps en temps pour faire une halte. Le sentier montait graduellement tandis que la rivière s'enfonçait dans une gorge de plus en plus profonde. Des flèches, dessinées sur le sol avec des pierres, apparaissaient à intervalles réguliers, parfois accompagnées de fruits.

— Heureusement que Winifrid possède une connaissance approfondie de la forêt, fit observer Dikélédi. S'il nous fallait chercher de quoi manger en plus, je ne sais pas si je serais très efficace…

— Tu le serais sans doute davantage que moi, rétorqua Gaïg. J'ai toujours été étonnée par tout ce que Nihassah pouvait trouver dans un bois, si petit soit-il. Tout ce que je sais faire, c'est pêcher.

— Tu pourrais t'installer sur une île ! Comme cela, où que tu ailles, tu finirais toujours par arriver à la mer.

Les yeux de Gaïg brillèrent. Une île ! Une terre entourée d'eau ! Comment n'y avait-elle jamais pensé auparavant ? La mer partout, où qu'on aille. À perte de vue…

Dikélédi lui avait fourni sans le savoir de quoi rêver et elle sentit sourdre en elle un regain d'énergie. Pour trouver une île, il fallait se trouver près de la mer. Et chaque pas qu'elle ferait l'en rapprocherait. Et ce serait bien aussi pour délivrer AtaEnsic. Elle accéléra.

Gaïg était partie dans un autre monde, aquatique celui-là. Elle revoyait les fonds sous-marins de la baie en face de son village et les souvenirs affluaient. Pour certains, elle ne savait plus si elle les avait réellement vécus, ou s'il s'agissait de rêves remémorés. Mais peu importait. Elle avait un but maintenant : trouver une île. Et elle mettrait tout en œuvre pour parvenir à ses fins.

Ce fut Dikélédi qui la rappela momentanément à la réalité en lui proposant de faire étape pour la nuit :

— Il fait sombre et je suis fatiguée.

Gaïg acquiesça et proposa un arbre un peu en retrait du sentier, dont les branches retombaient assez bas sur le sol. Elles s'y installèrent pour la nuit et Gaïg replongea aussitôt dans sa rêverie insulaire. Mais comment trouvait-on une île?

Dikélédi s'était endormie tout de suite. Gaïg, ne dormant pas, songeait au pied de l'arbre, avec Txabi pelotonné contre elle. Maintenant que son amie lui avait mis cette idée en tête, elle ne pouvait pas penser à autre chose : une île! Trouver une île!

La première étape consistait à se rapprocher de la mer, ce qu'elle faisait déjà. Ensuite, il lui faudrait trouver un bateau pour traverser l'océan. Mais pour aller où? Ses connaissances en géographie étaient on ne peut plus réduites et elle imaginait difficilement un capitaine de bateau abandonnant une fillette de dix ans seule sur une île déserte. Une île habitée, alors? Oui, mais laquelle? Où y avait-il des îles, pour commencer? Les marins devaient bien le savoir, eux. Il suffirait d'enquêter et ensuite de faire son choix. Dorénavant, vivre dans un village de la côte s'imposait comme étant le premier pas vers la réalisation de ce projet magnifique.

Gaïg se sentait remplie de toute la patience de la terre pour l'achèvement de son dessein.

Sa bague luisait doucement dans l'obscurité, comme pour approuver ses intentions. Rien ne lui semblait impossible. Elle envisagea même de chercher son île à la nage. Serait-elle capable de nager pendant des jours et des jours ? Elle fut tentée de répondre par l'affirmative à cette dernière question : elle avait bien marché pendant des jours et des jours ces derniers temps ! Mais si les jours se transformaient en semaines, elle se sentait moins sûre d'elle. Quoi qu'en aient dit Guillaumine et ses sbires, elle n'était pas une « poissonne » : il lui fallait de l'air pour respirer. Et même si l'eau la portait, elle finirait bien par ressentir la fatigue à un certain moment.

Gaïg abandonna un peu à regret l'idée de chercher son île à la nage. Elle se demanda un court instant à quoi elle ressemblerait si elle se noyait, et elle frémit en se remémorant la vision des Vodianoïs. Il valait mieux ne pas laisser s'épanouir cette pensée, sinon elle ferait des cauchemars. Elle s'apprêtait à fermer les yeux quand un bruissement soyeux et feutré attira son attention.

Elle n'arrivait à identifier ni la provenance ni la nature exacte du son, une espèce de frottement étouffé, et elle cogna discrètement Dikélédi. Cette dernière ne devait dormir que d'un œil, car elle se réveilla instantanément, sans faire le moindre mouvement, se contentant d'ouvrir les yeux. Décidément, les Nains, même très jeunes, restaient toujours sur le qui-vive dans la nature, observa Gaïg. Elle fit signe à la jeune Naine d'écouter, en lui indiquant du doigt une forme sombre qu'on décelait maintenant sur le sentier.

Dikélédi se redressa doucement, dans un silence total, fixa un moment la silhouette mouvante et montra avec un sourire les cinq doigts de la main à Gaïg qui distinguait les contours d'une bête qu'elle ne réussissait pas à identifier. Ce n'est que quand l'animal se remit en route que Gaïg reconnut une louve accompagnée de sa portée : cinq louveteaux joueurs et bondissants, cabriolant autour de leur mère.

Le groupe s'immobilisa devant l'arbre sous lequel les deux filles avaient trouvé refuge et les considéra un court moment. Gaïg vit Dikélédi incliner légèrement la tête dans une attitude quasi respectueuse et elle se sentit transpercée quand le regard de la louve croisa le sien. Les louveteaux avaient arrêté leurs cabrioles et se tenaient calmement autour de leur mère. Puis cette dernière s'éloigna, entourée de sa portée, sans faire plus de bruit qu'à l'arrivée.

Gaïg était sous le charme de la scène, brève mais plaisante, qui s'était déroulée si près d'elle. Habituellement, les animaux sauvages n'étaient pas si confiants et elle se demandait pourquoi la louve n'avait pas fui quand elle s'était aperçue de leur présence. Elle fut la première à retrouver l'usage de la parole :

— C'était beau, hein? Elle ne nous a même pas attaquées. Et elle ne s'est pas enfuie non plus.

Dikélédi la considéra un moment l'air songeur.

— Ce n'était pas seulement une louve, Gaïg. Les Nains considèrent que tout animal accompagné de cinq petits est un représentant de Mama Mandombé.

Gaïg demeura bouche bée : Mama Mandombé, la déesse des Nains! Celle qui avait cinq enfants accrochés à ses jupes et qui lui avait offert la Pierre des Voyages! Sous la forme d'une louve! Cela ne se pouvait…

Dikélédi continuait :

— C'était une visite. Je ne sais pas ce qu'elle voulait. Ça nous portera chance… C'est pour nous donner confiance…

Gaïg était autant sceptique que désireuse de croire à ce que racontait Dikélédi. Elle opta pour la foi, qui annonçait un avenir meilleur, puisque son amie avait évoqué la chance qu'apportait la visite. Or, elle aurait aussi besoin de chance dans le futur…

— Pour trouver une île, peut-être! J'aimerais découvrir une île pour moi toute seule!

— Les Nains ont besoin d'un pays : essaie de trouver deux îles, pendant que tu y es! lança Dikélédi en plaisantant.

— Oh, ce serait chouette! Tu n'as que de bonnes idées, ce soir! Une île pour toi, Nihassah et les autres, et pas loin, une pour moi! Je viendrais vous rendre visite à la nage!

— Remarque qu'une île suffirait pour nous tous : on ne fréquente pas les mêmes endroits. Tu serais dans la mer et nous dans la terre!

— Si on a un rêve et qu'on y pense très fort, il finit toujours par se réaliser. Je vais m'endormir en essayant de l'imaginer.

— Oui, parce que demain, il faudra encore marcher. Quand même, je n'en reviens pas : cette louve et ses cinq petits... Si c'est Mama Mandombé, qu'est-ce qu'elle voulait?

— Je n'en sais rien, mais elle était belle sous cette forme. On dort, maintenant?

Gaïg plongea dans le sommeil assez vite. C'était au tour de Dikélédi de songer. Pour la première fois de sa vie, elle avait eu une apparition de Mama Mandombé, sous la forme d'une louve avec ses louveteaux. Ils étaient bien cinq, il n'y avait aucun doute là-dessus. Et la famille tout entière s'était arrêtée pour les considérer sous l'arbre. Dikélédi réfléchissait intensément, mais ne trouvait aucune explication. La louve ne leur avait pas adressé la parole, n'avait eu aucun geste significatif, elle les avait simplement regardées. Comment pouvait-on interpréter un regard? Peut-être que WaNguira pourrait lui expliquer. Sur cette pensée réconfortante, elle s'endormit enfin.

La journée du lendemain se passa à marcher : le sentier semblait interminable. C'était donc si grand, Sangoulé? Et ça montait toujours?

De temps en temps, un petit tas de fruits les attendait sur le bord du chemin. Loki fit une courte apparition et repartit sur-le-champ.

Au crépuscule du soir, elles s'apprêtèrent pour passer une nouvelle nuit en forêt. Y aurait-il encore une visite?

Les deux filles s'endormirent sur cette question.

9

WaNguira était effondré. Il ne voulait pas croire que Gaïg était perdue pour les Nains et il essayait de se rassurer. Mais Sangoulé... C'était le bout du monde...

— Merci de m'avoir donné des nouvelles, réussit-il à articuler. Je suppose que vous n'en savez pas plus...

— *Ce sont les nouvelles les plus récentes que nous ayons,* confirma Dilys. *Un Salamandar est venu nous informer dans la matinée. Vous vous sentez bien?*

— Ça ira, merci. Je dois juste m'habituer à l'idée qu'elles sont si loin. Mais elles ne sont pas seules, n'est-ce pas?

— *En plus de Dikélédi, il y avait une Dryade et un Pookah avec elles, et aussi Mfuru et AtaEnsic. Nous ne pensons pas qu'ils courent un quelconque danger. Ils mettront simplement plus de temps pour revenir.*

— Nous enverrons un groupe à leur rencontre, c'est plus sûr. Remerciez les Licornes de notre part.

Les Dryades ne répondirent rien : elles saluèrent légèrement et s'enfoncèrent dans le bois, aériennes et végétales.

WaNguira, pensif, revint vers les autres. Il ne pouvait plus reculer : il faudrait organiser sérieusement l'avenir. D'abord, informer les autres de la situation de Gaïg. Avertir ceux qui étaient restés à Seyni. Puis organiser un rassemblement de toute la Nanitude. Et envoyer un groupe à la rencontre des deux filles. Ensuite… Ensuite ?

WaNguira s'arrêta là : sa pensée n'allait pas plus loin. Il soupira, espérant secrètement que quelqu'un aurait une idée lumineuse qui résoudrait tout. Il ignorait comment procéder, quelle décision prendre, et il estima qu'il n'avait guère progressé depuis la dernière réunion dans la caverne de Kanyangokoté. Les signes étaient là, c'était clair. Le volcanisme croissant restreignait de plus en plus les espaces habitables. Et la population des Nains diminuait. Ils avaient déjà perdu les Kikongos dans la catastrophe de Sangoulé. Des familles avaient péri lors de l'éruption de la montagne Pelée. Qui seraient les prochaines victimes ?

WaNguira avançait, la tête et l'œil bas comme un pigeon blessé. Il aperçut un groupe de Nains en train de discuter : Mukutu en faisait partie. Il se dirigea machinalement vers eux. Le silence se fit à son approche : c'est d'un ton monocorde et désabusé qu'il informa les autres de ce qu'il avait appris au sujet de Gaïg. Il leur livra un récit aussi succinct que celui des deux Dryades. Il aurait été bien en peine d'y ajouter quelque chose, mais selon toute apparence, les autres espéraient une suite. Le silence s'épaississait, tandis que le groupe gagnait en importance : tous les Nains s'approchaient, se doutant qu'il y avait du nouveau.

Quel nouveau? Les épaules de WaNguira s'affaissèrent. Voyant cela, Mukutu prit la direction des opérations. Il savait qu'une discussion durerait des heures, pour aboutir à des conclusions déjà tirées. Alors, autant passer à l'action.

— M'est avis qu'un rassembl'ment général d'tous les Nains s'impose. Ici même. Cinq volontaires pour les collines?

Tous comprirent qu'il s'agissait d'avertir leurs frères Gnahorés qui habitaient les collines de Koulibaly. Deux Pongwas et trois Affés se portèrent volontaires : si leurs chefs n'avaient rien dit, c'est qu'ils étaient du même avis que Mukutu. Et comme de toute façon c'était là qu'ils se rendaient…

Mukutu eut un léger signe de tête en guise d'acquiescement. Il continua :

— Cinq autres pour Seyni?

Jaro, Dofi et Kikuyu s'avancèrent immédiatement, ainsi que deux Affés qui avaient laissé là-bas femmes et enfants.

— Et un groupe d'cinq encore pour aller à la rencontre des deux filles?

Afo et Keyah s'avancèrent, pendant que Matilah se plaçait sans vergogne devant Nihassah qui semblait hésiter à lever un doigt. Matilah avait aidé Mukutu à prendre soin d'elle lorsqu'elle était petite et se considérait toujours comme sa mère adoptive. Cette dernière remit de l'ordre dans sa tenue en prenant soin d'étaler ses jupes, essayant de se faire plus large qu'elle ne l'était afin de cacher Nihassah aux yeux de Mukutu. Il comprit le manège et regarda ailleurs. Babah se proposa, ainsi que Kalenda et Témidayo.

— M'est avis qu'ça d'vrait aller, conclut Mukutu. Partez dès qu'vous pouvez. On s'retrouve ici l'plus tôt possible, d'ici quelqu'jours. Quand on s'ra tous là, on décid'ra.

WaNguira était reconnaissant à Mukutu d'avoir pris les choses en main et de les avoir menées aussi rondement. Mongo et Séméni ne s'étaient pas opposés, ce qui prouvait qu'ils n'avaient rien de mieux à proposer. Ils étaient déjà assez perturbés par l'éruption de la Pelée et les pertes subies. Le même raisonnement valait pour WaNdéné et WaNtumba. Ils étaient tous aussi perplexes les uns que les autres face à l'attitude à adopter.

Puisque dans l'immédiat, il n'y avait rien d'autre à faire qu'attendre, les Nains décidèrent de s'installer un peu mieux et d'organiser le campement. Il fallait surtout maintenir les lieux dans un état d'extrême propreté sous peine d'être rapidement chassés. Les grands prêtres savaient que Dryades et Licornes ne leur déclareraient pas une guerre ouverte : elles ne se montraient pour ainsi dire jamais. Tout se passerait par le biais des arbres, qui pouvaient se révéler insupportables envers les indésirables si l'ordre leur en était donné : feuilles mortes, fruits gâtés, sève dégoulinante et collante, et dans le pire des cas, vieilles branches pourries se cassant dangereusement au passage de l'un ou l'autre. Sans compter ce qu'on ignorait…

Nihassah était en grande discussion avec Matilah et Mukutu, leur reprochant de collaborer pour la tenir éloignée de Gaïg. Les deux accusés niaient en toute bonne foi s'être consultés, et Nihassah avait inventé pour l'occasion l'expression de « collaboration non concertée », pratique qu'elle jugeait injuste et antidémocratique, donc dégradante pour ceux qui en usaient.

— Quand on a une jambe cassée, on reste en place le temps que ça se ressoude! affirmait Matilah d'un ton péremptoire.

— J'hésitais à lever le doigt, mais je ne l'avais pas encore fait. Tu n'avais pas à te mettre devant moi pour me cacher!

— Je ne l'ai pas fait exprès! Je ne t'avais pas vue!

Nihassah était toujours suffoquée par la mauvaise foi de celle qui lui avait servi de mère quand cette dernière la croyait en danger.

— Tu aurais pu me piétiner, tant que tu y étais! Pourquoi ne l'as-tu pas fait?

Mukutu se faisait discret. Il se tenait tranquille sous le fallacieux prétexte de ne pas « envenimer les choses » : en réalité, si Nihassah passait sa colère sur Matilah, elle serait plus calme pour lui ensuite. Il apaisait la voix de sa conscience qui lui reprochait sa conduite honteuse en se répétant que Matilah était une femme forte et équilibrée qui saurait tenir tête à sa fille, alors qu'il n'était qu'un pauvre Nain fragilisé par les aléas de sa propre vie. Il soupçonnait néanmoins que son tour viendrait tôt ou tard, Nihassah n'étant pas du genre à lâcher facilement une proie.

Ce fut Bandélé, le fils de Matilah et frère de lait de Nihassah, qui les sauva tous les deux de l'ire de cette dernière en lui promettant de lui tenir compagnie et de la distraire. Il s'assit d'office à côté d'elle et commença à parler de Gaïg, ce qui était encore le meilleur sujet de conversation pour adoucir celle qu'il espérait secrètement avoir pour compagne un jour.

Matilah s'en alla la tête haute, en grommelant contre l'irréflexion et l'aveuglement de la jeunesse. Mukutu respira un grand coup et décampa discrètement, prêt à accorder la main de sa fille chérie à ce jeune inconscient dès qu'il en ferait la demande.

10

Ce fut Loki qui réveilla Gaïg et Dikélédi.

— Debout, paresseuses. C'est l'heure! Le soleil est déjà haut dans le ciel! En route!

Ce faisant, il les bombardait de petits cailloux. Les deux filles avaient du mal à sortir du sommeil, mais Loki n'y fit pas attention et continua à parler :

— On les a retrouvés, on sait où ils sont! Winifrid et moi avons dépassé Mfuru. Nous ne sommes pas des tortues, hu! hu! Nous sommes arrivés dans la nuit à leur repaire, hé! hé! hé!

— Arrête, Loki, tu vas trop vite, l'interrompit Gaïg, encore ensommeillée. On ne comprend rien à ce que tu racontes.

Mais Loki poursuivit :

— Ils ont une cabane cachée près de la rivière. Ils y sont arrivés dès hier soir. Ils ont un bateau. Il y a un débarcadère. Mfuru nous a rattrapés ce matin. Et je suis revenu vous prévenir. Oh que je suis fatigué, hé! hé!

— Alors, parle plus lentement.

Loki ne tint pas compte de la remarque de Gaïg et maintint son rapide débit de paroles :

— Ils ont soigné leurs chevaux et ils ont nourri AtaEnsic. Elle est attachée avec plusieurs cordes. Winifrid a pu s'approcher et lui parler dans la matinée. Les voleurs se réveillaient quand je suis parti. AtaEnsic a peur, mais elle sait qu'on va la délivrer, hé! hé! Mfuru ne peut pas s'avancer trop près, c'est un gros Nain lourdaud! Oh que je suis fatigué hé! hé!

Gaïg et Dikélédi avaient choisi de se taire : c'était encore le meilleur moyen pour saisir ce que disait Loki, qui persistait à tout rapporter d'un seul coup.

— C'est ce soir qu'on délivre AtaEnsic. Il y a beaucoup de liens qui la lient, hi! hi! Les voleurs ne pourront pas partir aujourd'hui : j'ai ajouté du séné dans leur boîte à thé. Ha! ha! ha! ce sera drôle! J'en ai mis beaucoup! Oh que je suis fatigué, hé! hé!

Le Pookah en question n'avait pas l'air plus fatigué que de coutume, à en juger par les sautillements qu'il effectuait, incapable qu'il était de tenir en place.

— Si vous marchez, vous pouvez y arriver ce soir, à temps pour libérer AtaEnsic. Mais vous passez votre temps à dormir pendant que les autres travaillent! Oh que je suis fatigué, hé! hé!

— Ça va, on te suit, déclara Gaïg. Et arrête de répéter que tu es fatigué, on a du mal à te croire, à voir tes bonds et tes sauts. Qu'est-ce que c'est, le séné?

— Oh, je t'en donnerai! promit immédiatement Loki, la main sur le coeur. Beaucoup, si tu veux! Ha! ha! ha!

— Gaïg, ne le crois pas, prévint Dikélédi, déjà experte en pharmacopée botanique. C'est une plante laxative. C'est ce qui empêchera les voleurs de quitter leur repaire aujourd'hui.

Gaïg n'avait pas l'air de comprendre.

— Ils iront à la selle, précisa Dikélédi. Ils auront la diarrhée, si tu préfères.

Loki ne se tenait pas de joie :

— Ils auront la coulante! Ou la courante, c'est au choix, ha! ha! ha! Ou la chiasse! Ou la cliche! Des fèces liquides, quoi! Ils déféqueront toute la journée, Madame la distinguée, hé! hé! Du ca-ca!

Le Pookah s'amusait visiblement de l'ignorance de Gaïg en matière de selles, sous l'oeil attentif et malicieux d'un Txabi toujours désireux d'apprendre. Gaïg sourit : tous les moyens étaient bons pour retarder les voleurs le temps de délivrer AtaEnsic, même celui-là.

— On y va, alors? proposa-t-elle à Dikélédi en se levant. Viens, Txabi.

— Enfin, elles se décident, les deux limaces! Ne traînez pas trop en route...

— Oh, ça va, Loki, rouspéta Dikélédi. Tu n'es pas toujours gentil avec nous, je trouve. Cherche-nous des fruits et on te pardonnera peut-être...

Loki disparut en un clin d'œil et les deux filles se mirent en route. Leur conversation porta un bon moment sur les différents moyens de délivrer AtaEnsic. Gaïg proposa une attaque de front en misant sur l'effet de surprise, mais elle-même abandonna immédiatement cette solution : ils n'étaient ni assez forts ni assez nombreux pour cela. Dikélédi, ayant davantage l'habitude des Dryades et des Pookahs, préconisait la ruse : rien n'était plus invisible, selon elle, qu'une Dryade dans un arbre ou un Pookah dans l'herbe.

— Tu ne t'en rends pas compte parce que tu as pris l'habitude de voir Winifrid et Loki. Mais rappelle-toi la première fois que tu les as rencontrés : je suis certaine que tu as cherché à savoir qui te parlait.

— Je me souviens aussi de la première fois où Walig m'a adressé la parole, répondit Gaïg. Je ne savais pas que les arbres pouvaient communiquer ainsi...

Dikélédi prit un air songeur :

— En tout cas, ceux de Nsaï peuvent faire de drôles de choses...

Elle se tut. Le sentier grimpait et il lui fallait économiser son souffle. Gaïg ne relança pas la conversation, il lui était encore plus pénible d'avancer. Elle pensa qu'elle avait du souffle pour rester immobile longtemps sous l'eau, mais pas pour se démener sur terre. Ou sous terre... Dans l'eau, au moins, elle flottait.

Txabi la sortit de sa rêverie :

— Des fruits, là.

— Ah, il n'est pas si mauvais, ce Pookah, finalement, conclut Dikélédi. Je commençais à avoir faim et soif.

Ils se restaurèrent tous les trois et reprirent la route, Txabi se faisant porter une fois de plus. Il avait trouvé une position d'équilibre qui consistait à s'installer sur la nuque de Gaïg et à enrouler sa queue autour de son cou. Quand il en avait assez, il sautait sur le sol pour se dégourdir les pattes. Auquel cas, à force de courir en avant, de fureter, de trotter sur les bords du sentier, de traîner en arrière pour examiner une plante ou un insecte, de se hâter pour les rattraper, il accomplissait au total un trajet double ou triple de la distance réellement parcourue. Ce qui nécessitait un nouveau séjour sur la nuque de Gaïg, histoire de se reposer.

Les heures se succédaient, monotones selon Gaïg : on ne découvrait pas le paysage, il y avait partout des arbres qui bouchaient la vue. Le sentier se faufilait dans la forêt, enchâssé dans la verdure. Gaïg aurait voulu dominer les hauteurs avoisinantes, ou bien se sentir écrasée par la majestueuse beauté des montagnes. Or elle était environnée de feuillage. « Encore heureux qu'il n'y ait pas de neige », pensa-t-elle. Mais on était trop au sud pour cela, il aurait fallu monter davantage en altitude.

— Nous ne sommes plus très loin du col, je pense, déclara Dikélédi. Après, ça devrait redescendre.

— On dirait que les gorges de la rivière sont moins profondes. Peut-être qu'on a déjà commencé à descendre.

— Pour le moment, c'est plat, c'est déjà mieux. Je n'ai jamais autant marché de ma vie…

« Et moi donc ! Je me demande si je sais encore nager… » songea Gaïg avec lassitude.

Elles avancèrent encore un bon moment avant que le terrain ne descende : la progression s'en trouva facilitée. Elles avaient cheminé toute la journée et l'après-midi était bien avancée. Encore un effort et elles retrouveraient Mfuru et Winifrid. Elles libéreraient AtaEnsic. C'était plus facile d'y penser quand il suffisait de se laisser porter pour dévaler une pente que lorsqu'il fallait la gravir. D'autant plus que tout au bout de ladite pente, il y avait la mer…

Gaïg et Dikélédi avançaient de façon mécanique, sans parler : elles avaient de plus en plus hâte d'arriver au repaire des brigands. « Pourvu qu'on ait le temps de se reposer avant de livrer bataille! » pensait Gaïg. Mais elle se reprenait tout de suite : « Il n'y aura pas de bataille, tout va se passer en douceur grâce à Winifrid. Et à Loki. S'il arrive à se taire et à rester silencieux un moment… »

Elles parvinrent à une intersection si peu visible de loin qu'il fallait avoir le nez dessus pour la distinguer. À droite, un sentier s'enfonçait dans le bois. Elles allaient le dépasser quand Loki fit irruption avec force gestes pour attirer leur attention, mais sans parler. Il attendit qu'elles soient tout près de lui pour ouvrir la bouche :

— La cabane des brigands est au bout du sentier, tout près de la rivière. Chut! Ils sont toujours là, ils n'ont pas pu voyager aujourd'hui. Ah! ah! ah! c'était drôle! Chut! Venez, suivez-moi. Vous en avez mis du temps, les deux limaces! Chut!

Gaïg et Dikélédi ne relevèrent pas l'insulte : ce n'était pas le moment de se disputer et, de plus, elles étaient trop fatiguées pour cela. Gaïg commençait à comprendre ce que Dikélédi avait saisi depuis longtemps et que les Dryades savaient depuis toujours : se disputer avec un Pookah était peine perdue, une perte de temps et d'énergie. On s'en sortait beaucoup mieux en leur opposant la platitude et la fadeur de l'indifférence qu'en rétorquant : ils n'attendaient qu'une répartie pour riposter, leur plus grande joie étant de réussir à agacer leur interlocuteur jusqu'à le faire sortir de ses gonds.

Elles emboîtèrent le pas à Loki et retrouvèrent bientôt, dissimulés dans une clairière à l'écart du sentier, Winifrid et Mfuru. Ce dernier, assis contre un arbre, apparemment calme, était en réalité extrêmement agité. Il bougeait constamment les mains et les doigts et remuait la tête en cadence.

Gaïg comprit qu'il jouait de la musique en pensée. Il n'émettait aucun son, ne faisait aucun bruit, mais ses mouvements saccadés ne laissaient planer aucun doute sur son activité.

« Pauvre Mfuru ! » pensa-t-elle. Même si son attachement à la Licorne semblait extravagant, nul n'avait le droit de les séparer. Après tout, ils ne dérangeaient personne et vivaient dans un monde clos, le leur, composé de musique et d'amitié.

Gaïg se fit la réflexion que même en restant tranquille dans son coin, même en essayant de passer inaperçu, des événements extérieurs survenaient pour tout bouleverser. Elle-même avait été précipitée dans une série d'aventures indépendantes de sa volonté. Elle reconnut que cela lui avait permis d'avancer dans sa vie : elle avait quitté ce village détesté et avait fait le point en dressant des priorités. Ou du moins en éliminant ce qui ne lui convenait pas.

Elle ne voulait pas passer son existence dans les souterrains des Nains, de cela, elle était certaine. Même avec Nihassah. Il lui fallait la mer, l'océan. La plage et les fonds sous-marins. Elle aimait bien les Nains, elle appréciait leur dévouement, mais leur mode de vie n'était pas le sien. C'était comme s'ils appartenaient à deux races différentes, en somme, d'autant plus que les Nains détestaient l'eau…

Nihassah serait toujours son amie, mais elle avait sa propre vie à bâtir. Elle se trouverait un compagnon, aurait des enfants, qui sait… Est-ce que les bébés Nains naissaient minuscules ? Gaïg sourit, se rappelant le temps où Nihassah n'était pour elle qu'une vieille Naine très âgée, presque une grand-mère, répondant au nom de Zoclette. Ayant un peu pénétré le monde des Nains, elle avait pu se rendre compte que Nihassah n'était pas si âgée que cela, en comptant l'âge comme les

Nains, et qu'elle serait même plutôt jeune. Après tout, Dikélédi, du haut de ses trente-trois ans, n'avait que dix ans, comme elle…

— *Je vous dis qu'elle est encore partie à rêver!* chuchota Loki en s'agitant devant elle.

Gaïg émergea de ses pensées : ses amis lui souriaient. Ce témoignage d'amitié lui fit chaud au cœur. Avec eux, elle ne se sentait pas épiée ou jugée et elle n'était pas constamment sur la défensive.

On lui offrait à manger. À sa grande surprise, il y avait du pain et du fromage. Devant son air interrogateur, Loki se trémoussa de joie et multiplia ses invitations à se servir.

— *Ce sont les voleurs volés,* lui murmura Winifrid, une lueur coquine dans les yeux. *Ils n'ont rien pu avaler de toute la journée, alors Loki a fait main basse sur leurs provisions. Ce n'est pas très honnête, mais ce qu'ils ont fait à AtaEnsic ne l'était pas non plus…*

— En tout cas, ça change des végétaux, se réjouit Gaïg. Peut-être que bientôt, nous aurons du poisson aussi!

Gaïg choisit ce moment-là pour faire part à ses amis de ses intentions : son désir de vivre près de la mer, donc de s'installer dans un village sur la côte. Elle ne retournerait pas avec eux à Nsaï : une fois AtaEnsic délivrée, elle continuerait vers le sud.

Dikélédi, déjà au courant, n'afficha aucune surprise. Mfuru, parlant autant pour Gaïg que pour lui-même, dit simplement que chacun avait droit à sa part de bonheur sur terre : il fallait la chercher, la trouver, et surtout la garder précieusement en la protégeant. Mais Gaïg était étonnée par le silence de Winifrid et de Loki, qui la fixaient sans rien dire. Elle éprouvait une impression étrange face à cette absence de réaction, qu'elle n'arrivait pas à interpréter comme étant de l'indifférence.

Peut-être qu'elle devait justifier son choix, fournir des explications? Mais lesquelles? « J'aime la mer et je veux vivre auprès d'elle » était la seule phrase qui lui venait à l'esprit. Pouvait-on justifier ses goûts, ses attirances et ses amours? Ou bien la trouvaient-ils ingrate de ne pas retourner présenter des remerciements aux Licornes et aux Nains qui avaient si bien pris soin d'elle?

Si ce n'était que cela, elle pouvait faire demi-tour avec eux, remercier et repartir : le temps ne comptait plus, maintenant qu'elle avait donné une direction à sa vie. Elle allait le proposer, quand Winifrid dit simplement :

— *Je comprends. Nous t'accompagnerons et resterons avec toi jusqu'à ce que tu sois installée dans le village de ton choix. Au moins ainsi, nous saurons où te trouver!*

Gaïg n'eut pas le temps de refuser: Loki, Dikélédi et Mfuru approuvaient. Elle sentit sa gorge se serrer sous l'effet de l'émotion et les larmes lui vinrent aux yeux.

— Quand je vous dis que cette fille est une fontaine! se moqua tout bas Loki. Si elle n'est pas dans l'eau, elle est pleine d'eau. Et ça déborde, ah! ah! ah! Chuuuut!

— Arrête, Loki, tu ne respectes rien! le tança Winifrid à voix basse. Et tu passes ton temps à dire « chut » alors que c'est toi le plus bruyant! Nous ferions mieux de nous reposer avant d'intervenir. Après, il nous faudra fuir et mettre la plus grande distance possible entre les voleurs et nous. Je vais voir ce qu'ils font et rendre une petite visite à AtaEnsic.

Loki se joignit prestement à Winifrid, par amour du jeu: avancer doucement en se dissimulant, évoluer très près des voleurs sans se faire voir, les narguer en communiquant avec AtaEnsic à leur nez et à leur barbe, tout cela représentait un exploit digne d'un Pookah en quête d'aventures.

Et quel plaisir, après, quand il faudrait raconter tout cela aux autres Pookahs, en exagérant les faits! La vie était mille fois plus excitante à l'extérieur que dans la trop calme forêt de Nsaï!

11

Gaïg et Dikélédi choisirent d'obéir à Winifrid et de se reposer avant l'intervention finale. Elles s'allongèrent de part et d'autre de Mfuru, comme pour l'encadrer de leur soutien. Mais elles eurent l'impression qu'elles venaient à peine de s'endormir quand elles sentirent qu'on les touchait doucement : c'était Winifrid qui les réveillait.

— *Ils dorment…*

— Ils se remettent de leur journée liquide, hi! hi! hi! l'interrompit Loki. On peut y aller. Chuuut!

Winifrid lui posa la main sur la bouche pour le faire taire et poursuivit :

— *J'ai commencé à détacher les liens d'AtaEnsic. La pauvre n'a pas l'habitude d'être attachée : elle est tout écorchée.*

Elle libéra Loki qui s'agitait.

— *Il reste encore un ou deux liens à défaire et on y va. On va continuer vers le sud par un mauvais sentier qui longe la rivière, après la plage. Les voleurs ne penseront pas que nous sommes partis par là : Mfuru et Loki ont laissé de fausses traces sur le chemin principal. Mais il faut passer devant leur cabane pour rejoindre la berge. Je vais finir de m'occuper d'AtaEnsic, on se retrouve au bord de l'eau.*

Loki se frappa la poitrine de ses deux poings, comme un gorille vainqueur appelant au combat le reste de ses adversaires :

— Ho! ho! Je suis un grand libérateur de prisonniers opprimés!

— Eh bien, fais attention de ne pas te faire emprisonner à ton tour, parce que personne ne viendra te délivrer! se moqua Gaïg.

Winifrid avait disparu dans l'obscurité. Gaïg jugea que la nuit devait être bien avancée pour qu'il fasse aussi sombre : elle avait dormi plus longtemps qu'elle ne pensait. Elle suivit les autres le plus silencieusement possible, sachant que pendant la nuit, les sons portaient beaucoup plus loin. Elle percevait les différents bruits de la forêt, principalement le clapotis de la rivière toute proche.

En arrivant devant la maison dont la porte n'était même pas fermée, elle entendit la respiration ronflante des brigands. Combien étaient-ils? Dans son souvenir, elle en avait aperçu six qui se sauvaient, mais peut-être qu'ils étaient plus nombreux... Cet abri pouvait leur servir de quartier général dans lequel ils retrouvaient des complices.

Gaïg inspecta les lieux d'un coup d'œil circulaire et s'attarda sur la plage, tout en longueur. Le coin était plaisant. Il y avait une barque assez imposante attachée à un débarcadère bien entretenu : les malfaiteurs devaient l'utiliser régulièrement.

Elle se rapprocha du ponton, invinciblement attirée par l'eau, suivie de Dikélédi et de Mfuru auquel on avait bien recommandé de ne pas intervenir : sous l'emprise de l'émotion et de la colère, il pouvait tout faire rater.

Le calme régnait et Gaïg chercha Winifrid des yeux : elle s'affairait auprès d'une tache claire que Gaïg reconnut être la Licorne. Elle avait été séparée des autres chevaux, sans doute à cause de sa nervosité.

Gaïg distingua l'enclos et fut surprise non seulement par sa taille, mais par le grand nombre de bêtes prisonnières : apparemment, ces bandits n'étaient pas des débutants ou des dilettantes. C'étaient de véritables trafiquants qui devaient vendre les animaux volés bien loin des lieux du méfait.

Winifrid avait libéré AtaEnsic et s'apprêtait à les rejoindre. Les chevaux hennissaient nerveusement et s'agitaient de plus en plus dans leur enclos. La Dryade se rendit compte avec horreur que Loki avait ouvert la barrière de leur parc pour qu'ils s'évadent. Présumant l'imminence d'une catastrophe, elle fonça sur-le-champ vers la plage avec AtaEnsic.

Gaïg, qui n'avait rien perdu de la scène, vit Loki en train de fesser les chevaux pour les faire sortir plus vite. Ceux de derrière, ainsi stimulés, poussaient ceux de devant qui encombraient la sortie. Finalement, ces derniers se décidèrent à avancer, d'abord avec méfiance, puis, comprenant enfin qu'ils étaient libres, ils s'égayèrent dans toutes les directions.

Une grande confusion régnait. Loki continuait à exciter les bêtes, visiblement ravi de l'effet produit.

Un des malandrins, alerté par le bruit, fit irruption sur le seuil et comprit immédiatement ce qui se passait.

— On nous vole! lança-t-il d'une voix tonitruante afin d'avertir ses comparses.

Ces derniers surgirent sans délai et mesurèrent instantanément l'ampleur du désastre. Obnubilés par les chevaux qui les entouraient, ils ne pensaient même pas à regarder vers la rivière.

Gaïg eut l'intuition qu'il fallait profiter de l'effet de surprise créé par cette confusion pour se sauver, mais elle hésitait sur la direction à prendre, ignorant où se trouvait le sentier auquel Winifrid avait fait allusion. « Dans la barque » fit une voix dans sa tête, pendant qu'elle sentait la bague se serrer autour de son doigt.

— Dans la barque, vite! répéta-t-elle sans réfléchir.

Ses camarades, ahuris par ce qui se passait, obéirent sans rechigner. La barque tangua dangereusement sous le poids d'AtaEnsic, puis finit par s'immobiliser. Les yeux exorbités de la Licorne montraient sa frayeur et Mfuru, se rapprochant pour la serrer dans ses bras et la rassurer, provoqua un nouveau tangage.

Gaïg défit promptement l'amarre et poussa l'embarcation en prenant appui sur l'embarcadère pour s'éloigner. Elle remarqua qu'il y avait une perche et des rames au fond, mais qu'AtaEnsic était couchée dessus. Comment récupérer la perche sans risquer de faire basculer la barque une fois de plus?

Elle avisa une autre perche sur l'embarcadère et s'apprêtait à plonger pour aller la chercher, quand elle aperçut Loki qui courait vers eux.

— La perche, Loki, sur le ponton! Prends-la et saute! Il nous la faut!

Ça, c'était un exploit pour un Pookah! Loki, au comble de l'excitation, effectua un majestueux saut à la perche pour rejoindre la barque qui n'était pas encore très éloignée. Il y eut un nouveau tangage quand il se retrouva dans la barque et AtaEnsic ne put réprimer un hennissement de frayeur. Loki tendit la gaffe à Gaïg d'un geste détaché, comme si le saut à la perche faisait partie de son quotidien.

Gaïg, debout à l'arrière, dirigea l'embarcation vers le milieu de la rivière, afin de profiter du courant. Elle retrouvait d'instinct les gestes qu'elle avait vus mille fois accomplis par les pêcheurs de son village. Mais la barque était lourde...

Les voleurs essayaient toujours désespérément de rattraper les chevaux. Ils finirent par se rendre compte qu'il y avait une agitation inhabituelle sur l'eau, mais la barque était déjà trop loin pour qu'ils la rejoignent. Encore éberlués par ce qui se passait, ils ne virent même pas que leur belle prise de la veille, cette jolie jument blanche aux attaches si fines, s'en allait au gré de l'onde.

Gaïg essayait tant bien que mal de se maintenir au milieu du cours d'eau. Pendant un moment, elle crut qu'elle y réussissait, mais elle eut tôt fait de se rendre compte de la réalité : c'était le courant qui décidait ! Et il se révélait assez violent, une fois qu'on était pris par lui. Pourtant, de la plage, la rivière avait l'air calme… Peu profonde aussi. Or la perche s'enfonçait maintenant aux trois quarts de sa longueur.

Gaïg se demanda lesquels, parmi ses compagnons, savaient nager. Sachant combien les Nains détestaient l'eau, elle présuma que Dikélédi et Mfuru couleraient immédiatement. Leurs visages gris de peur et leurs yeux aussi exorbités que ceux de la Licorne – qu'elle inclut dans le lot au passage – ne firent que confirmer sa supposition.

Ces trois-là étaient dépassés par les événements, à cause de la proximité de l'eau qui les effrayait plus que de raison. Les Nains avaient toujours éprouvé une sainte horreur de l'eau et s'en tenaient soigneusement à l'écart. Ce peuple fondamentalement terrien n'avait de goût ni pour la pêche ni pour la navigation. Quant à AtaEnsic, Gaïg supposa qu'elle avait été d'autant plus bouleversée par son enlèvement qu'elle avait déjà eu à subir la cruauté des hommes.

Elle avisa Winifrid : c'était une créature qui vivait dans les arbres, légère et aérienne. Elle n'affichait pas l'air affolé des trois autres. Peut-être qu'elle était capable de marcher à la surface de l'eau sans s'enfoncer…

Restait Loki. Difficile de savoir que pouvait ou non faire un Pookah… Peut-être qu'en s'agitant beaucoup et en criant très fort, il ameuterait tous les êtres susceptibles de lui porter secours...

Ayant ainsi fait le tour de ses « marins », Gaïg sursauta.

— Txabi! Où est Txabi?

Ses compagnons tournèrent vers elle un visage abasourdi.

— Txabi! Il n'est pas dans la barque, n'est-ce pas? Où est-il?

—Je suis là, répondit une petite voix mouillée. Mais vous allez vite...

— Là, derrière, dans l'eau! s'exclama Loki en montrant quelque chose du doigt.

Gaïg eut du mal à distinguer Txabi, minuscule créature perdue dans cette vaste étendue d'eau sombre. Il se trouvait assez loin de la barque, qu'elle essaya d'arrêter pour donner au bébé salamandar le temps de les rattraper. Mais la force du courant entraînait la lourde embarcation et Gaïg n'avait pas assez de force dans les bras pour la freiner. Loki vint l'aider à maintenir la perche enfoncée dans le sable, mais même à deux, ils ne parvenaient pas à immobiliser la barque assez longtemps pour que Txabi la rattrapât.

— Viens nous aider, Mfuru, ordonna-t-elle. Dikélédi et Winifrid, prenez une des rames qui sont au fond et tendez-la à Txabi pour qu'il monte.

Gaïg avait adopté un ton de commandement qui seyait peu à une fillette de son âge, mais elle n'avait pas de temps à perdre. De plus, elle sentait qu'aucun des passagers n'était capable de la moindre initiative : ils étaient tous paralysés par la tournure adoptée par les événements. Et Txabi était toujours à l'eau. Il savait nager, bien sûr, mais pendant combien de temps pourrait-il suivre l'allure de la barque ?

Heureusement, ses compagnons bougeaient et faisaient ce qu'elle leur avait demandé. AtaEnsic s'était soulevée un peu pour faciliter l'accès aux rames et Mfuru et Loki joignaient leurs forces aux siennes pour tenter d'immobiliser l'embarcation.

Après un moment, Txabi, en se laissant porter par le courant, parvint à la hauteur de la rame, sur laquelle il se hissa avant de trottiner jusqu'à la barque comme si de rien n'était. Gaïg se fit intérieurement la réflexion qu'elle ne saurait jamais s'il avait risqué la noyade ou non.

Une fois Txabi en sûreté, ils laissèrent l'embarcation reprendre sa danse dans la rivière. Il n'y avait qu'une seule chose à faire : s'éloigner le plus possible du repaire des brigands. Et le courant les y aidait.

Gaïg craignait la présence de rapides ou de cascades et elle tendait l'oreille, n'osant partager ses inquiétudes avec ses amis. « Dans la mer, il y a les vagues, et dans les torrents de montagne, les chutes. Si la barque se brise sur un rocher et qu'on tombe à l'eau… » Sa pensée n'allait pas plus loin.

Elle se rassura en pensant à la bague : puisqu'elle lui avait suggéré cette solution, c'était qu'il n'y avait pas de danger!

Le fait est que tout allait « bien » : ils étaient tous sains et saufs, ayant délivré AtaEnsic et ayant échappé à une bande de voleurs sans doute armés. L'important, présentement, consistait à ne pas couler. « De toute façon, toutes les rivières mènent à la mer, pensa Gaïg. On arrivera plus vite à la côte, c'est tout! »

Elle relâcha un peu ses muscles tendus par l'effort, pour les sentir se contracter aussitôt : une bouffée de colère l'envahit en pensant à Loki. Comment avait-il osé risquer ainsi la vie de toute la compagnie en libérant les chevaux? C'était le plus sûr moyen de donner l'alerte aux bandits, et il y avait superbement réussi.

Gaïg le regarda. Il lui souriait ingénument. Elle se demanda s'il lisait dans ses pensées et tentait ainsi de l'amadouer ou s'il était totalement inconscient des dangers qu'il faisait encourir aux autres. Elle hésitait entre le gronder – de quel droit? Et à quoi bon? Il ne changerait pas – et l'ignorer.

Loki, à croire qu'il la narguait, lui souriait de toute sa laideur de Pookah. Un sourire qui découvrait des dents d'une santé et d'une blancheur étonnantes, eu égard aux rides de la face qui en faisaient un petit bonhomme très vieux. Ses yeux écartés luisaient de malice et de tendresse, comme si Gaïg était sa meilleure amie, sa complice, son alliée.

La rivière s'élargissait et le courant perdait de sa puissance : la barque se stabilisait.

Gaïg, toujours en colère, se demanda si elle devait sauter sur le Pookah souriant, lui tirer les oreilles, lui arracher les moustaches avant de le précipiter par-dessus bord et de lui maintenir la tête sous l'eau pour le noyer. À l'idée de sa disparition – comme la vie serait triste et ennuyeuse sans lui! – elle opta pour une autre attitude : elle éclata de rire.

— Loki, tu es incorrigible! Que va-t-on faire de toi?

Loki comprit qu'elle acceptait l'amitié qu'il lui offrait et son regard pétilla. En choisissant le rire et la dérision face à la gravité de la situation, Gaïg venait d'accomplir un grand pas en avant dans la sagesse : ce qu'on ne pouvait pas contrôler et changer, il valait mieux apprendre à l'accepter. Elle lui sourit à son tour.

Winifrid, qui fréquentait les Pookahs depuis toujours, sourit à son tour à Gaïg :

— *Tu es en train de te laisser séduire par Loki, alors qu'il a très mal agi. Il aurait pu tout faire rater.*

— Mais nous avons réussi! triompha Loki. Elle est là, cette bonne grosse AtaEnsic, hé! hé! et les chevaux sont libres à l'heure qu'il est! Et en plus, nous naviguons! ha! ha! ha!

Ce disant, il faisait volontairement tanguer la barque, au grand dam de la Licorne et des deux Nains.

— *Ça suffit, Loki, arrête!* le gronda Winifrid. *Tu as fait assez de bêtises pour aujourd'hui. Tu n'es pas drôle du tout!*

Loki se renfrogna :

— Puisque c'est comme ça, je boude!

— *Très bien! Très bonne idée!* approuva vivement Winifrid. *Laisse-nous le temps de nous remettre de nos émotions. Je ne sais même pas où on est, ni où on va…*

— Moi non plus, l'informa Gaïg, un peu piteuse.

12

Qu'est-ce qui lui avait pris de faire embarquer tout le monde dans cette coque de noix lourde et peu maniable? Ah oui, la bague... Mais ensuite? Elle n'avait même pas assez de force pour diriger l'embarcation. Une fois de plus, Gaïg eut l'impression d'avoir entraîné ses camarades dans une aventure qu'elle ne maîtrisait pas. Certes, la bague l'avait toujours aidée, mais jusqu'à quel point pouvait-elle lui faire confiance? Surtout quand elle n'était pas seule en jeu?

— Qu'est-ce que c'est, le Nyanga? demanda-t-elle abruptement aux deux Nains.

Le temps que Mfuru analyse la question et formule une réponse, Dikélédi avait déjà commencé à expliquer :

— C'est le Minerai sacré des Nains. Mais ça, tu le sais, je suppose. Il est très rare. Il est réservé aux Nains parce qu'eux seuls peuvent le voir et…

— Je peux le voir! l'interrompit Loki.

— C'est parce que tu n'es qu'une demi-portion de créature! répliqua Dikélédi, qui poursuivit :

— Celui qui trouve du Nyanga doit le garder pour lui : il ne peut pas le vendre. C'est un signe qu'il a été distingué par Mama Mandombé. Il n'a même pas le choix du bijou qu'il fera avec : le Nyanga choisit lui-même sa forme quand on commence à le travailler. Les Hommes ne peuvent pas le voir, mais certains autres êtres, si. Les Pookahs, par exemple. Ou les Dryades, Ou les Licornes. Ou… Je ne sais pas! On dit que Mama Mandombé parle à ceux qui ont du Nyanga. Mais on n'a pas le droit d'interroger un Nain sur le Nyanga qu'il a en sa possession : c'est très mal perçu.

Gaïg chercha dans sa mémoire, mais ne se rappela pas avoir jamais été interrogée sur la présence de l'anneau à son doigt. Nihassah, la première à l'avoir vue, lui avait simplement dit « Tu as une bien jolie bague! » puis avait ajouté « C'est du Nyanga ». Mais elle n'avait posé aucune question à Gaïg sur la provenance du bijou. Par la suite, malgré la rareté du minerai, on ne lui avait jamais rien demandé. Mais une chose la tracassait et elle ajouta :

— Tu dis que les Hommes ne peuvent pas voir le Nyanga. Mais je le vois, moi!

— Tu n'es pas un homme, tu es une fille! Non, je blague! Mais je n'ai pas de réponse. Normalement, tu ne devrais pas le voir…

— Peut-être que je suis une créature hybride, avec du sang de Pookah dans les veines! plaisanta Gaïg.

Elle se tut, étonnée de sa propre réponse. Une créature hybride… Pourquoi pas? Après tout, elle ignorait tout de ses origines. Mais hybride de quoi? De Nain? Avec si peu d'affinités pour les souterrains obscurs et effrayants? De Pookah, de Dryade, de Licorne? Elle ne se sentait pas non plus attirée par leur monde, si calme et plaisant fût-il. Alors, hybride de quoi?

— Quels sont les autres êtres qui peuvent voir le Nyanga?

— Hum, je ne sais pas. À part ceux que je t'ai nommés, je ne vois pas…

Dikélédi consulta Mfuru du regard en quête d'une réponse, mais il haussa les épaules, avouant ainsi son ignorance : la jeune Naine, de par sa fréquentation précoce de la forêt de Nsaï et de ses habitants, en savait plus que lui.

Gaïg se concentra sur sa perche. Cette conversation la laissait perplexe. Elle insista :

— Pourquoi ne peut-on pas poser de questions à un détenteur de Nyanga?

Cette fois, ce fut Mfuru qui répondit, len-te-ment, en ar-ti-cu-lant soigneusement chaque syllabe, ce qui fit penser qu'il était redevenu « normal » avec le retour d'AtaEnsic.

— La relation qu'un dieu ou une déesse choisit d'établir avec un de ses disciples est unique. Elle est incompréhensible pour un tiers. De ce fait, c'est inutile d'en parler.

— Mais je ne suis pas une disciple de Mama Mandombé! rétorqua Gaïg. Je ne suis pas une Naine!

— Il n'empêche qu'elle t'a choisie.

— Mais pour quoi faire?

Mfuru eut une grimace d'ignorance et haussa de nouveau les épaules. Dikélédi l'imita. Loki, Winifrid et AtaEnsic étaient absorbés par la contemplation de la rivière. Txabi dormait.

Gaïg se tut, sentant qu'elle n'apprendrait rien de plus. En outre, ce n'était pas Mama Mandombé qui lui avait fait trouver du minerai de Nyanga dans le sol puisque sa bague lui avait été offerte par la Reine des Murènes en personne. Peut-être qu'elle avait trouvé le bijou perdu au fond de l'océan…

Les rives défilaient de chaque côté, mais l'obscurité devenait moins dense : l'aube approchait.

— Bientôt, il fera jour, constata Gaïg. Mais tant qu'on peut continuer ainsi, autant s'éloigner le plus possible de ces brigands.

Chacun replongea aussitôt dans sa rêverie. Les deux Nains s'étaient accoutumés à la présence de l'eau et avaient moins peur. AtaEnsic aussi semblait rassurée : Mfuru se serrait tout contre elle et la caressait. Au bout d'un moment, il émit quelques clappements de langue et commença à jouer de cette musique sèche et saccadée si particulière, propre au peuple des Nains. Dikélédi se joignit à lui et tous se concentrèrent sur ce concert improvisé, sauf Loki qui s'endormit.

Le soleil était déjà haut dans le ciel quand Gaïg proposa une halte :

— On pourrait s'amarrer à un arbre près de la berge. Il fait chaud, maintenant. J'ai envie de me baigner, mais j'ai sommeil aussi.

— Hi! hi! Elle n'est pas guérie de la morsure de la Vodianoï, se moqua Loki qui se réveillait. Il faut tout recommencer!

Gaïg le fusilla du regard :

— Si c'est ça, ton humour... lâcha-t-elle d'un petit ton sec.

Loki avait néanmoins réussi à inquiéter Gaïg.

— Vous croyez qu'il y a du danger, dans cette rivière? demanda-t-elle à ses amis.

— Hi! hi! Elle a tellement peur qu'elle craint de les nommer! la railla Loki. Les Vodianoïs, Gaïg. Ou Les TicholtSodis! Ou les Nahias! Tu as le choix, pourtant.

— Je ne pense pas qu'elles te mordraient une deuxième fois, répondit AtaEnsic d'un ton calme.

— De toute façon, tu es immunisée! insista Loki. Alors elles peuvent te mordre, tu ne risques rien.

Gaïg trouva cette conclusion peu encourageante, mais comme il était temps de s'arrêter de toute manière, elle surveilla les rives, dans l'attente d'un lieu propice à l'amarrage de l'embarcation.

Il y avait de multiples emplacements possibles : elle porta son choix sur une berge en pente douce, bordée par une étroite plage sableuse.

Mfuru et Loki durent l'aider à diriger la barque, et après quelques efforts, ils réussirent à l'échouer sur le sable. Mais ce fut Gaïg qui se mit à l'eau la première.

— Il faudra vous mouiller les pieds que vous le vouliez ou non, annonça-t-elle à la cantonade. Je ne pourrai pas tirer toute seule cette barque sur le sable.

Loki la rejoignit immédiatement, à grand renfort d'éclaboussures :

— Mes ancêtres étaient de grands explorateurs, et parmi eux, il y a eu des navigateurs célèbres! Nous avons le pied marin dans la famille!

Gaïg sourit, amusée. Qui étaient les ancêtres de Loki? Avait-il une épouse? Des enfants? Gaïg avait du mal à l'imaginer en père de famille. Il ne serait pas parti avec eux aussi facilement… Mais il devait bien avoir une mère, puisqu'il était là. Or Gaïg n'avait pas le souvenir d'avoir rencontré des femmes Pookahs. Ou des Pookahs femelles… Loki appartenait-il à la race des êtres humains? Toutes ces espèces différentes… Les Nains étaient des Humains, cela ne faisait aucun doute. Mais les Pookahs? Et les Dryades? Y avait-il des Dryades mâles? Toutes ces questions sans réponse…

Gaïg plongea comme pour se laver le cerveau de toutes ces interrogations. Elle se laissa flotter un moment entre deux eaux, essayant d'oublier pour un instant tout ce qui n'était pas le présent: l'eau, la rivière, et bientôt la mer. Mais cela la projetait déjà dans le futur, elle s'obligea à revenir au présent en se concentrant sur la sensation de l'eau glissant contre sa peau.

Après un moment de rêverie subaquatique, elle émergea et fut étonnée de l'air effaré de ses compagnons, penchés au-dessus de l'eau. Son sang ne fit qu'un tour: il y avait un danger, ils avaient aperçu les Vodianoïs. Elle reprit pied immédiatement et fonça vers la berge, alarmée :

— Quoi ? Qu'est-ce qu'il y a ? Qu'avez-vous vu ?

Ils avaient l'air aussi surpris qu'elle-même. Loki fut le premier à se ressaisir :

— C'est toi qu'on ne voyait pas ! On se demandait si tu t'étais noyée, hé ! hé !

Gaïg respira, soulagée. Ses camarades s'étaient inquiétés pour elle parce qu'ils n'avaient pas encore eu l'occasion de la voir évoluer dans son milieu : l'eau. Elle les rassura.

— Ça va, pour moi. Mais qu'est-ce qu'on fait ? Vous descendez ou non ?

Winifrid se mit à l'eau, mais Mfuru et Dikélédi roulaient de gros yeux soupçonneux.

— Si on continue le trajet en bateau, je n'ai pas besoin de mettre pied à terre, annonça Dikélédi d'une voix ferme. Je peux vous attendre dans la barque.

Mfuru se collait contre AtaEnsic. L'expression de son visage ne laissait guère planer de doutes sur son désir de se mouiller. Il s'exprima néanmoins, plus pour répondre à Dikélédi que pour faire part de sa décision, qui lui semblait évidente.

— Je ne connais pas bien la région et j'ignore s'il y a un sentier ou non. S'il n'y en a pas, il faudra avancer à l'aveuglette. En suivant la rivière, on est certain de parvenir à la côte. Je reste dans le bateau.

— Alors je reste avec eux, déclara tendrement AtaEnsic. Vous nous porterez quelque chose à manger?

— Tiens! lança Gaïg malicieusement, en lâchant une grenouille dans le bateau.

Il y eut un bref moment d'affolement avant que la grenouille ne rejoigne d'un bond spectaculaire l'élément liquide.

— *On y va!* annonça Winifrid, avide de prendre un bain de feuillage et de sentir la rude écorce des arbres sur sa peau.

— Si vous voulez, je m'occupe de la « viande », proposa Gaïg. Je peux essayer de pêcher…

— *Mais on ne pourra pas faire de feu,* prévint la Dryade. *Ce ne serait pas prudent…*

Tous comprirent que c'était pour les arbres environnants : autant les Nains détestaient l'eau, autant les Dryades avaient une sainte horreur du feu.

— D'accord pour les fruits une fois de plus, obtempéra Gaïg. Loki va peut-être nous trouver du pain et du fromage…

— *Là, tu deviens imprudente, Gaïg,* avertit Winifrid. *Il le prendra comme un défi à relever et parcourra toute la région à la recherche de pain et de fromage. Ça peut prendre du temps et c'est surtout une source potentielle d'ennuis. Regarde, il a déjà disparu, et avec Txabi en plus.*

Gaïg était consternée.

— Oui, j'aurais mieux fait de me taire... Et il a emmené Txabi... Je disais ça pour plaisanter.

Winifrid haussa les épaules en signe d'impuissance et partit chercher de quoi manger, munie d'un immense morceau de toile trouvé dans le bateau et destiné à servir de sac. Gaïg hésitait, partagée entre l'attrait de l'eau et le désir d'aider Winifrid à trouver des fruits. Cette dernière ne la laissa pas s'interroger longtemps :

— *Viens avec moi, je ne pourrai pas tout rapporter toute seule.*

Gaïg lui emboîta le pas et fut immédiatement surprise de la facilité avec laquelle Winifrid découvrait des choses comestibles. Gaïg pouvait passer mille fois devant un champignon sans le voir, *a fortiori* s'il était à moitié enfoui sous les feuilles mortes. Quand enfin elle découvrit son premier champignon, bien que très fière de le montrer du doigt à Winifrid, elle n'osa pas le cueillir tellement elle lui trouvait un vilain aspect. Winifrid lui jeta un rapide coup d'œil et trancha de suite : « *Celui-là n'est pas comestible* », sans s'y attarder.

Gaïg, découragée, conclut dans sa tête « trop brillant pour être honnête. Toujours se méfier des apparences... » et se contenta de suivre la Dryade. Cette dernière se déplaçait sans hésiter, s'arrêtant de temps en temps pour caresser un arbre.

— *On peut déjà porter ce qu'on a récolté à ceux du bateau,* décida Winifrid. *Il y a un pommier plus loin, on reviendra faire des provisions.*

Gaïg était stupéfaite :

— Mais comment sais-tu qu'il y a un pommier plus loin ? À cette altitude, en plus...

Winifrid sourit malicieusement :

— *On a déjà perdu pas mal d'altitude, et c'est le dernier pommier à pousser aussi haut. Ou le premier, tout dépend dans quel sens on va... C'est le cèdre de tout à l'heure qui me l'a dit.*

Gaïg ouvrit la bouche pour formuler un « Oh » de surprise, qui ne sortit pas. Qu'y avait-il d'étonnant dans le fait qu'une Dryade communique avec des arbres ? Walig lui avait bien parlé, à elle...

Pendant un instant, Gaïg eut l'impression d'être un objet de risée pour les arbres environnants : on aurait dit qu'ils se trémoussaient d'aise en la regardant. Oui, elle avait la ferme intuition qu'ils se moquaient d'elle. Elle s'approcha d'un pin et effleura une jeune branche aux aiguilles acérées, d'un vert vif. Une autre branche lui effleura la joue.

Gaïg bondit en arrière. Était-ce le résultat du hasard? Une branche qui se redressait? Elle décida de renouveler l'expérience. Elle obtint le même résultat. Winifrid souriait.

— *On y va?*

Le retour des deux filles avec des fruits fut salué par des acclamations de la part des occupants du bateau. Après s'être restaurées avec les autres, elles repartirent chercher les pommes.

— Beaucoup de pommes! précisa Gaïg. Ainsi on en aura pour toute la traversée.

— *Je ne sais pas si le trajet est encore bien long,* répondit Winifrid. *Si on part en fin d'après-midi, peut-être qu'on y sera dans la nuit. Il faudra demander à Mfuru ce qu'il en pense. Mais tu as raison, on peut prendre BEAUCOUP de pommes! C'est bon pour le moral.*

Gaïg et Winifrid firent plusieurs fois le trajet pour rapporter des pommes. BEAUCOUP de pommes. Qu'AtaEnsic croquait au fur et à mesure. Ce qui au début était un sujet de plaisanterie devint vite une corvée, après plusieurs voyages.

Winifrid prenait toujours tout avec le sourire, mais Gaïg, plus habituée à se rebiffer, éclata :

— Mais tu es insatiable, AtaEnsic! Tu n'as qu'à débarquer et manger. Tu n'as pas peur de l'eau, toi! Tu peux le laisser une minute, ton Nain préféré, il ne va pas disparaître!

Mfuru les prit en pitié :

— Vas-y, ma belle, va brouter. Tu n'as même pas besoin de t'éloigner, la rive est herbeuse.

Débarquer du bateau ne fut pas plus évident pour la Licorne qu'y monter, mais elle y parvint néanmoins.

— Finalement, je suis bien contente de me dégourdir un peu les pattes. On est un peu à l'étroit, dans cette barque!

— On voit bien que ce n'est pas toi qui la gouvernes! objecta Gaïg. Elle est très lourde!

— Allez, on va chercher des pommes pour remplacer celles que j'ai mangées. Je vous aiderai à les porter, et un seul voyage suffira. Après, repos!

Ce qui fut dit fut fait, et c'est dans une barque pleine de pommes qu'on fit remonter AtaEnsic, qui ne manqua pas d'en écraser quelques-unes au passage. Elle s'empressa de les manger.

Gaïg et Winifrid avaient décidé de rester à terre. La Dryade disparut une fois de plus dans l'herbe et les floraisons grasses. Gaïg s'endormit en écoutant le clapotis de la rivière qui lui chantait l'eau.

13

On était au milieu de la nuit quand Gaïg se réveilla : elle s'était endormie depuis l'après-midi.

Elle aperçut aussitôt le bateau et ses trois occupants en plein sommeil, au milieu d'un enchevêtrement de membres et de têtes : la barque ressemblait à un monstre géant tapi dans l'eau.

Constatant l'absence de Winifrid, elle en déduisit que la Dryade devait s'être réfugiée dans un arbre. Winifrid « sentait » les arbres et communiquait avec eux : elle leur parlait tout en les caressant et ils répondaient.

Elle dégageait leurs racines, nettoyait leurs branches des détritus organiques qui s'y accumulaient, enlevait les bois morts coincés dans le feuillage et éparpillait ce qu'elle avait récolté. Selon elle, c'était le « déjeuner » de l'arbre, qui se nourrissait ainsi de ses propres déjections. Gaïg sourit dans sa tête : quelle image peu poétique, que celle de la végétation se nourrissant ainsi d'elle-même…

Plus l'arbre était gros, plus Winifrid en prenait soin, prétextant que sa grosseur le rendait moins souple, moins mobile, donc moins apte à se nettoyer lui-même. Gaïg supposait une vérité différente : plus l'arbre était gros, plus il se rapprochait de Walig, le favori parmi tous. Est-ce que Walig manquait à Winifrid? Elle n'en laissait rien paraître, en tout cas.

Gaïg se dit que la relation que Winifrid nouait avec les arbres était comparable à celle qu'elle-même entretenait avec la mer, ou avec l'eau en général. Elle se dirigea vers la rivière.

Tout était calme et Gaïg connut un moment d'intense bonheur à se baigner ainsi toute seule dans la nuit, dans la nature. Elle n'éprouvait aucune peur, aucune anxiété, et elle se dit que sa vie était bien plus intéressante depuis qu'elle avait quitté Garin et Jéhanne. Il lui restait seulement à trouver une terre d'accueil où elle pourrait s'installer.

Sur ces entrefaites, Loki arriva, pas plus discret que d'habitude malgré la nuit environnante. Il eut tôt fait de réveiller tout le monde :

— Hé! hé! Il suffit de demander et le Pookah trouve! Regardez : du pain et du fromage! Oh, que je suis fatigué!

— Du pain et du fromage? répéta Gaïg, surprise. Mais où as-tu trouvé ça?

— Je suis retourné chez les voleurs! Et j'ai encore joué aux voleurs volés, hé! hé! hé! Oh, que je suis fatigué!

— Moi aussi je suis fatigué, hé! hé! hé! dit Txabi en se tortillant. On a pris toute leur provision de pain et de fromage. Et on a encore libéré les chevaux, hé! hé!

Gaïg n'en revenait pas : accomplir tout ce trajet à cause d'une plaisanterie qu'elle avait faite! Pour rapporter une quantité certes appréciable de pain et de fromage : il y en avait deux sacs, portés par Loki. Elle remercia le Pookah :

— Tu es génial, Loki! Et toi aussi Txabi! Merci! Avec toutes ces provisions, on a de quoi tenir plusieurs jours. On peut goûter? Et ensuite on reprend le voyage.

Toute la compagnie se restaura, y compris AtaEnsic qui quitta la barque pour paître sur la rive.

L'aube commençait à poindre quand tous embarquèrent pour poursuivre leur périple. La rivière s'élargissait, ce qui avait pour effet d'atténuer le courant.

La journée s'écoula calmement, parfois ponctuée de causeries et de collations. AtaEnsic, bien qu'ayant copieusement brouté, croquait parfois une pomme, « pour passer le temps » précisait-elle à chaque fois. Les autres préféraient la nourriture de Loki, qui n'oubliait jamais de répéter « Oh, que je suis fatigué! », repris incontinent par Txabi. Gaïg se débrouillait de mieux en mieux avec sa perche.

Il faisait déjà nuit quand ils aperçurent quelques lumières dans le lointain, témoignant de la présence d'habitations.

Gaïg, ne connaissant pas les lieux, n'avait guère envie d'arriver aussi tard dans un village et elle proposa de s'arrêter avant.

— Si nous faisons halte ici, nous serons rendus au village demain matin : c'est peut-être mieux de débarquer en plein jour. Après tout, on ne sait pas qui habite là…

— Je peux aller voir, si vous voulez! proposa Loki, prêt à sauter à l'eau. Ce serait sûrement une aventure intéress…

— Nous libérerons tous les chevaux du village! le coupa Txabi, tout excité.

— *C'est bien pourquoi il vaut mieux que vous n'y alliez pas,* conclut Winifrid. *Loki, tu vas encore semer la pagaille avant même que nous ayons atteint le village.*

Gaïg amarra l'embarcation à un vieux tronc noir qui dépassait de l'eau sur le bord de la rivière, après avoir vérifié sa solidité. Ils débarquèrent tous, excepté les deux Nains, qui voulaient décidément éviter tout contact avec l'eau. Winifrid rapporta des fruits, « Juste pour changer un peu des pommes! » plaisanta Gaïg.

Un moment après, ils étaient installés dans la barque, parés pour la nuit, sauf Loki qui avait disparu.

— Penses-tu qu'il soit quand même allé au village, malgré ton interdiction? demanda Gaïg à Winifrid.

— *On ne peut guère « interdire » quelque chose aux Pookahs : ils n'en font qu'à leur tête. Généralement, ils nous écoutent, sauf quand ils sont animés par la curiosité ou attirés par le jeu. Mais peut-être qu'il est resté dans les parages et qu'il veut seulement nous inquiéter...*

— On ferait mieux de dormir, proposa Dikélédi. De toute façon, il revient toujours. Et Txabi est là.

Gaïg caressa Txabi et approuva : c'était la meilleure solution. Elle s'endormit en pensant au lendemain : est-ce qu'elle pourrait s'installer dans ce village en attendant de partir à la recherche d'une île?

Longtemps après, une ombre réintégra furtivement l'embarcation, sans provoquer la moindre éclaboussure. Elle s'amusa un moment avec l'amarre, puis s'installa dans un coin laissé libre par les autres, au milieu des provisions.

Loki, car c'était lui, ne tarda pas à s'endormir lui aussi.

14

Cela faisait maintenant plusieurs jours que les Nains étaient installés à la lisière de la forêt de Nsaï. Ils n'avaient pas pu pénétrer en profondeur dans le bois à cause de la végétation trop dense.

— Je ne me rappelais pas qu'il y avait autant d'arbres ici, avait fait remarquer Matilah. On dirait qu'il en pousse un peu plus chaque nuit. Regardez toutes ces lianes! Et ces troncs! Ils sont énormes…

Mukutu avait rigolé :

— M'est avis qu'ça fait longtemps qu't'étais pas sortie d'tes grottes, Matilah! Les arbres poussent, pendant qu'tu vieillis…

Solidarité féminine oblige, une Affé répondant au nom de Tchitala vola au secours de Matilah :

— Eh bien moi, je t'assure qu'ils poussent pendant la nuit…

Elle fut interrompue par les éclats de rire qui saluaient l'évidence de sa remarque, mais ne se laissa pas démonter.

— Je vous dis qu'ils poussent plus vite que la normale. Un matin, je me suis réveillée au milieu d'un buisson de ronces alors que la veille encore, il n'y avait rien à cet endroit.

— M'est avis qu'tu t'promènes pendant la nuit et qu'tu t'jettes dans les ronces au p'tit matin, Tchitala! lança Mukutu goguenard.

— Non, Monsieur le Nain, je ne suis pas somnambule, s'entêta Tchitala. Et nous sommes plusieurs auxquels c'est arrivé. Ta propre fille s'est endormie au pied d'un chêne énorme, et le matin, elle disparaissait sous les glands. Et le sentier que nous avions emprunté pour récupérer nos bijoux près du ruisseau est en train de disparaître : il est envahi par la végétation.

— Ce n'est pas pour rien que Nsaï est une forêt enchantée, intervint calmement WaNguira. Elle ne fait que nous tolérer ici et il est évident que nous n'avons pas à y pénétrer. Elle se défend avec ses armes.

— De toute façon, cette croissance rapide a aussi son bon côté : les champignons poussent en une nuit, et les baies aussi. Nous avons ce qu'il nous faut pour subsister.

Tous durent reconnaître la justesse de cette affirmation émise par WaNdéné : la forêt pourvoyait à leurs besoins en matière de nourriture. Ils récoltaient amplement de quoi survivre et n'avaient pas besoin de parcourir de grandes distances en quête d'aliments.

Cette constatation s'avérait d'autant plus importante qu'ils ignoraient pour combien de temps ils occuperaient les lieux. Ils avaient calculé que les émissaires de Seyni seraient de retour le lendemain matin, peut-être le soir même s'ils ne prenaient qu'un jour de repos : c'étaient eux qui se rendaient le plus près. Ceux des collines de Koulibaly ne seraient pas là avant deux semaines environ, tandis que le groupe de Babah avait besoin d'une dizaine de jours pour arriver à la sortie méridionale de la galerie de Sémah et revenir.

C'était donc un séjour assez long qui s'annonçait et les Nains avaient amélioré la précarité de leur habitat avec les moyens laissés à leur disposition par la forêt. Ils avaient entassé des bottes de fougères sèches en guise de lit pour la nuit et avaient commencé à faire sécher des fruits et des champignons.

La majeure partie de la journée s'écoulait en discussions diverses, les groupes se formant et se déformant au gré de chacun. Au fond de leur cœur, Affés, Pongwas et Lisimbahs étaient ravis de se retrouver et de se raconter les dernières nouvelles. Ils n'avaient pas souvent l'occasion de se voir ainsi tous réunis.

Malgré la gravité de la situation, ils avaient là une occasion privilégiée d'échanger des idées, d'établir des liens, de comparer des techniques concernant le travail des métaux, ou simplement de papoter. Ils ne s'en privaient pas et passaient leur temps à parler.

Les grands prêtres discutaient beaucoup de la situation entre eux ou avec les trois chefs. On attendait le retour du groupe de Babah avec une impatience assortie d'une intense curiosité à l'égard de Gaïg : à quoi ressemblait-elle ? Comment s'y prendrait-elle pour découvrir la terre d'accueil promise par Mama Mandombé ? Peut-être qu'elle avait des pouvoirs cachés, qui se révéleraient à son retour parmi eux… Tous discutaient du meilleur endroit où s'établir en attendant d'avoir trouvé ce nouveau pays.

Les Affés et les Pongwas se montraient catégoriques quant à l'impossibilité de retourner aux pitons de Wassango-Kilolo que la montagne Pelée avait rendus inhabitables pour le moment. Même si l'éruption s'arrêtait, on serait toujours à la merci des émanations de gaz toxiques.

Les monts d'Oko n'étaient guère plus sûrs, entre les secousses sismiques et la présence d'Ihou. Restaient les vastes collines de Koulibaly. Mais comment les Gnahorés prendraient-ils la chose? Ils avaient bien changé au cours des dernières décennies…

Le contact quotidien avec les Hommes de la côte les avaient modifiés au point de leur conférer des traits de caractère de ces derniers. Ils étaient devenus commerçants dans l'âme, et seule comptait pour eux la commission substantielle qu'ils retiraient de la vente des produits nains.

Ayant fait fortune, ils avaient adopté un autre mode de vie. Certains avaient même quitté l'habitat traditionnel des cavernes pour s'installer dans des maisons. Ils avaient développé des goûts de luxe et leurs tenues vestimentaires, chatoyantes et somptueuses, reflétaient leur richesse et leur rang social.

Leur attitude maniérée, parfois condescendante, prêtait le plus souvent à sourire, mais elle avait déjà énervé plus d'un Nain. Le fait est que plusieurs Gnahorés étaient devenus beaucoup plus fortunés que certains négociants Hommes.

Les Gnahorés n'avaient cure de l'opinion de leurs semblables et continuaient de s'enrichir. Ils avaient renoncé au troc ancestral, préférant commercer avec des okous et des nyamés, la monnaie alors en vigueur dans le pays de N'dé. Un okou valait soixante nyamés.

Mukutu racontait comment les Lisimbahs, ayant été payés en pièces d'or de cent okous, les avaient fondues et ciselées en bijoux qu'ils avaient revendus bien plus cher aux Gnahorés.

— M'est avis qu'ils n'ont toujours rien r'marqué. C'la fait plusieurs fois qu'on leur rend leurs pièces sous forme d'bijoux…

— Peut-être que de leur côté ils fondent vos bijoux pour frapper leur monnaie, insinua Mongo, plein d'humour.

Tout le monde s'esclaffa.

— M'étonn'rait! M'est avis qu'cet or vient des Hommes qui achètent les bijoux : les pièces n'sont pas assez bien travaillées pour êtr'faites par des Nains, rétorqua fièrement Mukutu.

— Et si au lieu de fabriquer des bijoux, vous modifiiez simplement les pièces? En faisant des deux cents okous avec des pièces de cent?

— M'est avis qu'on gagne bien plus avec les bijoux. Et puis ça nous occupe : c'est beau, un bijou! Les pièces, ça n'parle pas comme un bijou.

Mukutu se tut, réfléchissant. Puis, comme s'il se jetait à l'eau, ayant pris une décision qui lui coûtait, il poursuivit, sortant une pièce de cent okous en or de sa poche qu'il fit passer :

— R'gardez ça.

Mongo, le premier à avoir la pièce en main, sursauta, et la passa immédiatement à WaNdéné, comme si elle lui brûlait les mains. WaNdéné tressaillit à son tour et la passa à WaNtumba dont le visage afficha la même expression étonnée. La pièce circulait de main en main, provoquant chaque fois chez celui qui la détenait un sursaut de surprise. Ce fut Aligo qui s'exclama :

— C'est l'emblème des Kikongos.

— L'étoile à quatre branches. La pyramide des Kikongos… continua Batoli.

Un symbole commun, dont l'origine remontait à la nuit des temps, représentait les membres de chacune des cinq tribus de Nains. Les Lisimbahs avaient pour emblème le cube; les Affés, la sphère et les Pongwas l'œuf. Les Gnahorés étaient symbolisés par le cône, et les Kikongos par la pyramide. Quand un Nain représentait son symbole en deux dimensions, il dessinait, selon sa tribu d'appartenance – qui lui était transmise par la voix du sang, donc par sa mère – un carré, un cercle, une ellipse avec un cercle à l'intérieur, un cercle surmonté d'un triangle ou une étoile à quatre branches.

Dans la pièce que Mukutu avait fait circuler était incrustée une minuscule étoile à quatre branches en Nyanga.

— D'où la tiens-tu? demanda Mongo.

— C'est un Homme qui m'a payé avec. M'est avis qu'il n'voyait pas l'Nyanga, et qu'pour lui, la pièce avait un trou. A cru qu'il m'trompait. Ai rien dit, bien sûr, ça m'intriguait trop.

— Mais comment le Nyanga est-il arrivé là? Une étoile, de surcroît… continua Mongo.

— M'suis posé la même question. M'est avis qu'c'est l'hasard. Un morceau d'Nyanga égaré dans une pépite. On fond la pépite pour faire une pièce. L'Nyanga est là, il y reste.

— En forme d'étoile à quatre branches? insista Mongo, intrigué.

Mukutu haussa les épaules :

— L'Nyanga prend la forme qu'il veut… Tu as une autre explication?

— Ça… commença Mongo.

— Hé, voilà ceux de Seyni, l'interrompit Séméni, la main en visière sur le front.

15

Gaïg ne sut pas tout de suite ce qui l'avait réveillée. Était-ce une odeur différente de l'air? Ou un mouvement inhabituel du bateau? Elle demeurait couchée, immobile, essayant d'identifier ce qu'il y avait de nouveau dans son environnement.

Un ciel d'un bleu intense et pur s'étendait juste au-dessus d'elle, sans le moindre nuage. Seule une brume flottait dans le lointain, au-dessus de l'eau. Ce fut l'immensité de ce ciel qui provoqua le déclic dans son esprit : où étaient passés les arbres? Et cette odeur... Ce mouvement de la barque...

Son cerveau émettait les questions et les réponses à une telle vitesse que le temps qu'elle se redresse pour examiner les alentours, elle avait déjà compris. La mer. La mer tout autour d'elle, une vaste surface d'eau bleue, séparée de l'espace non moins vaste du ciel par un banc de brouillard léger, mais opaque. Cette odeur, c'était celle de l'océan. Un parfum de varech, de poisson, d'iode, une senteur caractéristique qu'elle portait en elle depuis toujours et qu'elle reconnaîtrait entre mille. Ce mouvement du bateau, c'était un roulis plus accentué que celui de la rivière, à cause des vagues.

Gaïg sentit un élan de joie monter en elle : la mer! Elle était arrivée. Elle respira à pleins poumons et s'accorda un moment de pure jouissance. Pendant lequel les questions surgirent. Comment ça se faisait? Avaient-ils navigué pendant la nuit sans qu'elle le sache? Qui avait dirigé le bateau? Et pourquoi la personne ne s'était-elle pas arrêtée au village?

Gaïg regarda autour d'elle. Nulle côte en vue : l'horizon était caché par la brume matinale. Se trouvaient-ils en pleine mer ou près de la terre? Et comment était-ce arrivé ? Se pouvait-il qu'elle ait mal attaché la barque la veille? L'amarre se serait donc dénouée toute seule? Peut-être sous l'effet du mouvement? La marée était-elle assez forte pour se faire sentir dans la rivière, en amont? Pouvait-elle provoquer assez de tangage et de roulis pour détacher le nœud?

Gaïg était pourtant sûre de son fait : elle avait vérifié la solidité du tronc auquel elle attachait la barque et son enracinement dans la vase. Elle était convaincue de la résistance de son nœud également. Elle regarda : le cordage flottait mollement à la dérive. Et le nœud était toujours là, mou et déformé, certes, mais ce n'était pas lui qui avait lâché.

Elle réveilla ses compagnons. Leur étonnement accentua son sentiment de responsabilité. Elle ne savait que dire, n'ayant aucune explication à fournir. Elle n'éprouvait pas de crainte – l'océan, c'était son domaine – mais elle sentait la montée de la peur chez ses amis. Ils étaient muets de stupeur pour le moment et regardaient tout autour d'eux, découvrant avec ahurissement un paysage inconnu, composé d'espace et de bleu, sans le moindre relief pour arrêter le regard.

Loki, comme toujours très maître de la situation, fut le premier à parler.

— Hé! hé! Nous sommes en mer. C'est un grand voyage, maintenant, ce n'est plus cette petite-minuscule-minime-infime rivière de rien du tout. Comment s'appelle-t-il encore, ce ruisseau? La Yoruba?

Il avait l'air très content de son sort, pas du tout inquiet ou surpris, et un léger soupçon effleura l'esprit de Gaïg. Mais les autres ne lui laissèrent pas le temps d'approfondir la chose, l'assaillant subitement de questions.

Ses réponses laconiques firent monter la tension de plusieurs crans à l'intérieur de ce qui semblait maintenant une frêle embarcation perdue en mer. Non, elle ne savait pas où on était. Non, elle ne savait pas comment c'était arrivé. Non, elle n'avait pas détaché l'amarre. Non, elle n'avait pas voulu naviguer toute seule pour arriver au village. Oui, son nœud était solide puisqu'il n'était même pas défait. Oui, le tronc d'arbre qui lui avait servi de bitte d'amarrage lui avait paru stable et résistant.

Et ça recommençait. Non, elle ne savait pas où on était. Non, elle ne savait pas où on allait… Ses compagnons finirent par se rendre compte qu'elle était aussi hébétée qu'eux et n'insistèrent plus. Ils avaient aussi besoin d'un moment de silence pour appréhender la situation et tâcher d'apprivoiser l'idée d'une mort prochaine.

Dikélédi et Mfuru envisageaient la noyade au milieu de créatures gluantes et suant les poisons, alors qu'AtaEnsic pensait à la mort par inanition, faute de pommes. Winifrid serrait le gland de Walig dans sa poche, songeant à la soif : pouvait-on mourir de soif au milieu d'une étendue d'eau salée? Et si elle mourait de soif et de dessiccation, Walig subirait-il le même sort de son côté?

Txabi ouvrait des yeux étonnés : peut-être était-il trop jeune pour assimiler l'idée de la mort… Devant l'air atterré de ses compagnons, il fixait Loki d'un regard interrogateur, comme si ce dernier pouvait lui fournir des explications.

Loki, debout à l'avant de la barque, respirait avec force, emplissant ostensiblement ses poumons d'air marin. Tel un capitaine, il scrutait l'horizon avec une attention zélée, sans doute en quête d'une côte accueillante où aborder. Concentration inutile, puisque la brume lointaine dissimulait tout.

Winifrid l'observait, mais il se gardait bien de croiser son regard : il semblait passionné par l'examen du vide qui s'étalait autour de lui. Elle soupira doucement mais ne dit rien et évita à son tour le regard de Gaïg. Néanmoins, le coup d'œil qu'elle échangea avec AtaEnsic n'échappa pas à Gaïg.

Cette dernière fut alors certaine de la justesse de ses suppositions : c'était Loki qui avait libéré l'amarre du tronc. Une vague d'horreur la submergea. Était-il donc stupide à ce point? Ou totalement inconscient des conséquences de ses actes? Il n'hésitait pas, pour le plaisir d'une bonne blague, à mettre en danger son entourage.

Gaïg se rappela les crottes de lapin qu'il lui avait fait manger. Moindre mal, on n'en mourait pas. Mais les dendrobates... les crabes... les chevaux qu'il avait libérés et qui avaient donné l'alerte... Et la mère de Dikélédi qui avait dû accoucher dans une forêt, au pied d'un arbre, à cause de lui...

Gaïg avait la chair de poule. Pour elle, le danger s'accompagnait de laideur et d'antipathie. Garin lui avait toujours semblé menaçant, mais lui au moins, elle ne l'aimait pas : il lui avait toujours paru sale, poilu et bedonnant, puant l'alcool et la sueur. Mais comment une créature pouvait-elle se révéler à la fois sympathique et dangereuse? Comment Loki pouvait-il être ce Pookah amusant, au sourire charmeur, et ce monstre d'égoïsme qui ne pensait qu'à satisfaire son plaisir personnel, au détriment d'autrui? Il fallait donc se méfier de tout le monde?

Gaïg, perplexe, inspectait l'horizon et se posait les mêmes questions que ses amis : où était-on? Où allait-on? Qu'arriverait-il ensuite? Mais à aucun moment elle ne songea qu'elle pouvait mourir. Pour elle, l'océan, c'était la vie.

16

— Déjà? fut la réponse de Mukutu interloqué, exprimant ainsi à haute voix la pensée commune. Je n'les attendais pas avant c'soir au plus tôt.

— Moi non plus, renchérit WaNguira perplexe. Qu'est-ce qui a bien pu se passer?

Il n'alla pas plus loin, hésitant à émettre les idées qui l'assaillaient. Ou du moins l'idée : Ihou. Se pouvait-il que le Troll soit remonté jusqu'à la caverne de Seyni? Ayant trouvé le village de Ngondé déserté de ses habitants, avait-il parcouru les profondeurs jusqu'au refuge le plus « extérieur » des Nains?

Pourtant, il n'y avait aucun doute sur les silhouettes qui se détachaient dans le lointain : Kikuyu était en tête, avec ce drôle de chapeau à larges bords qu'il ne quittait jamais et qu'il avait acheté à un Homme de la côte. Il avait d'abord prétendu qu'il serait ainsi bien protégé du soleil, et quand on lui avait fait remarquer qu'il n'y avait pas de soleil sous terre, il avait répondu que l'élégance constituait une raison suffisante : ainsi, il avait l'air d'un monsieur.

Jaro et Dofi suivaient Kikuyu, reconnaissables à leur démarche symétrique et dandinante : ces deux-là ne se séparaient jamais. Derrière eux venait un petit groupe composé surtout de femmes et d'enfants parmi lesquels on reconnaissait Awah, la chef de Ngondé. Plus loin, des grappes de Nains lourdement chargés s'échelonnaient le long de ce qu'on devinait être le trajet du sentier.

— M'est avis qu'il y a eu des complications, annonça Mukutu l'air préoccupé.

— On le saura bientôt, dit Mongo, visiblement pressé d'en savoir davantage. Il y a aussi des Pongwas et des Affés avec eux : ceux qu'on avait laissés à Seyni...

Tous les Nains étaient debout, surveillant le sentier au détour duquel apparaissaient leurs frères.

— Ils ne seront pas là avant un bon moment, observa Séméni. Peut-être qu'on devrait aller à leur rencontre. Je veux savoir. J'y vais.

Il se mit en route, et Mongo s'avança aussitôt :

— Je t'accompagne.

Plusieurs Nains leur emboîtèrent le pas d'office, impatients de connaître les dernières nouvelles. Après quelques instants, un nouveau groupe se mit en route, bientôt suivi d'un troisième. Petit à petit, les Nains de Nsaï se décidaient, poussés par la curiosité, à aller au-devant de ceux de Seyni.

Nihassah se tortillait sur sa couche, mais elle savait qu'elle devrait attendre. Bandélé, assis à ses côtés, ne tenait pas en place non plus. Successivement, il s'accroupit, s'agenouilla, se mit debout, tout cela en allongeant le cou tel un héron. Matilah l'observait discrètement. Elle vint finalement s'asseoir auprès de Nihassah :

— Allez, je vais attendre avec toi, sinon tu serais capable d'y aller en marchant sur les mains. De toute façon, on saura bien assez tôt de quoi il retourne.

Bandélé, comme s'il n'avait attendu que cela, se leva :

— J'y vais au pas de course et je reviens vous dire ce qu'il en est.

Il partit immédiatement, ce qui fit rire les deux Naines.

— Parle-moi un peu de cette petite Gaïg, demanda Matilah. Je l'ai très peu vue, finalement.

Nihassah comprit que c'était une manière comme une autre d'accélérer le cours du temps afin de minimiser l'attente, et elle se mit en devoir de présenter Gaïg à sa mère adoptive. Mais la conversation s'éteignait parfois, et Matilah se mettait debout afin d'avoir une meilleure vue sur l'avancée des autres.

Après ce qui leur sembla une éternité, Bandélé fut de retour, avec la nouvelle que le Troll avait attaqué à Seyni.

— J'étais persuadée qu'on avait mis des pierres lumineuses dans les galeries, commenta Nihassah.

— Il faut croire que ça ne suffit pas. Peut-être que leur éclat n'est pas assez intense pour le repousser. Il en aurait fallu davantage. Les pierres l'ont quand même retardé : il n'osait pas avancer, semble-t-il. Mais il s'est jeté en avant, comme s'il avait été poussé par-derrière...

— Poussé par quoi? interrogea Nihassah, la curiosité en éveil.

— Par un autre feu, tu crois? Une lumière plus puissante? suggéra Matilah, soucieuse.

— C'est ce qu'on ne sait pas. Il n'y a que des suppositions. Personne n'ose dire qu'Ihou était effrayé, mais c'est comme si de deux maux, il choisissait le moindre. Il a fait pas mal de dégâts à Seyni...

— Mais qu'est-ce qui a pu le pousser à se rapprocher autant de la surface? insista Nihassah.

— Il y a eu des victimes, continua Bandélé. Pas seulement des blessés…

— Qui?

Bandélé énuméra alors les noms de ceux qui avaient péri. Il y en avait une bonne dizaine. C'était énorme. Matilah et Nihassah les connaissaient tous. Elles étaient effondrées.

— Ce n'est pas possible que le sort s'acharne ainsi sur nous, se rebiffa Nihassah. D'abord Sangoulé, puis la Pelée, maintenant les monts d'Oko… Où irons-nous?

— Est-ce seulement le sort qui s'acharne sur nous? demanda Matilah. Qui veut nous voir quitter le pays?

La lumière se fit dans l'esprit de Nihassah. En un éclair, elle comprit : Ihou, obligé d'avancer parce que fuyant devant une clarté plus forte que celle dégagée par les pierres lumineuses…

— Les Salamandars, tu crois? murmura-t-elle dans un souffle. Ce seraient eux? Mais ils ont tout Sangoulé…

— Peut-être que ça ne leur suffit pas… répondit Matilah.

Nihassah demeura muette : était-il possible de provoquer ainsi la mort pour une question de territoire? Était-ce cela, la guerre? Déclareraient-ils la guerre aux Salamandars? Et quelles étaient les chances de victoire, avec des êtres si discrets qu'on ne les voyait ni ne les entendait? Un ennemi caché, en somme. De plus, à quoi bon déclencher les hostilités si la prophétie était en voie d'accomplissement?

Bandélé, pour une fois, sembla lire dans ses pensées :

— Nous n'avons aucune preuve. Ce ne sont que des suppositions. Ceux de Seyni sont très secoués. Pour le moment, il faut les accueillir du mieux qu'on peut. Ensuite, on avisera.

Des groupes de Nains commençaient à arriver, la tête basse et le visage défait. Il eût fallu consoler ceux de Seyni, mais comment? Le chagrin et le découragement se lisaient sur leurs traits et l'effarement habitait leur regard. Des enfants Nains se retrouvaient orphelins de père ou de mère et s'accrochaient au parent survivant, ne le quittant pas d'une semelle. Une sorte d'hébétude régnait dans les esprits : que signifiait tout cela? Pourquoi cet acharnement du sort sur leur peuple? Tous avaient le deuil des disparus dans le cœur, qui s'ajoutait à celui des familles qui avaient péri dans l'éruption de la montagne Pelée.

WaNguira et Mukutu sentaient, comme tous, que la situation s'aggravait. Et comme tous, ils percevaient leur impuissance à modifier le cours des événements.

Jusqu'à tard dans la soirée, il y eut de nouveaux arrivants. La caverne de Seyni s'était vidée de ses habitants.

17

Le découragement régnait à bord. Cela faisait deux jours et deux nuits que Gaïg et ses compagnons « naviguaient ». Ils abordaient leur troisième journée de dérive en mer par une matinée pâle et brumeuse, comme la veille et l'avant-veille.

Le premier jour, ils avaient bien essayé de ramer, mais pour aller où? Personne n'avait la moindre idée de la direction à prendre. Ce n'était donc pas la peine de gaspiller ses forces, il valait mieux surveiller l'horizon, dans l'espoir d'apercevoir un bateau. Qui, selon toute apparence, n'était pas pressé d'apparaître.

Les réserves de pain et de fromage, qui avaient semblé si abondantes quand Loki les avait rapportées, étaient terminées. Les pommes avaient servi à se désaltérer, mais elles avaient vite disparu dans le ventre d'AtaEnsic.

Pourtant Loki et Gaïg n'avaient guère touché aux provisions. Le Pookah s'était contenté de grignoter une pomme la première nuit, prétextant le manque d'appétit : il avait néanmoins savouré son fruit le plus longtemps possible, luttant visiblement pour ne pas l'engloutir d'un seul coup. Depuis, il calquait son attitude sur celle de Gaïg, qui essayait de se contenter des produits de la mer, afin de laisser les nourritures terrestres à ses compagnons. Mais à cette distance de la côte, il n'y avait pas grand-chose à espérer en matière de pêche quand on ne disposait même pas du matériel adéquat.

Gaïg avait partagé quelques algues récoltées à la surface avec Loki : même en mastiquant longuement, elles avaient un goût amer. Les dernières, un peu moins mauvaises, avaient néanmoins provoqué de douloureux maux de ventre. Elle s'était baignée plusieurs fois, espérant pêcher quelque chose à main nue, mais l'océan était vide. Et c'était trop profond pour plonger, jamais elle n'atteindrait le fond. Qui devait être aussi vide que le reste, pensait-elle : la vie sous-marine se concentrait sur les côtes et crabes et coquillages se faisaient rares au fur et à mesure que la profondeur augmentait. De toute façon, même en plongeant, elle n'apercevait pas le sable.

Le fait de ne pas pouvoir toucher le fond représentait, quelque part dans sa tête, un défi à relever : jusqu'à quelle distance de la surface pourrait-elle plonger ? Il suffisait de s'entraîner, après tout. Ce qu'elle faisait, disparaissant de plus en plus longtemps, ne remontant que lorsqu'elle sentait que ses poumons n'en pouvaient plus.

Dans la nuit, un poisson volant avait sauté par mégarde dans le bateau, ce qui avait provoqué un affolement momentané des passagers. Gaïg l'avait achevé et avait proposé de le partager. Personne n'avait voulu manger du poisson cru, sauf Loki, qui ressentait en silence les affres de la faim. Gaïg lui avait donné en priorité la chair des filets afin de lui faciliter la tâche : il lui avait souri. Elle s'était sentie attendrie, prête à pardonner, mais s'était endurcie aussitôt et n'avait pas répondu à son sourire : même s'il était inconscient et irresponsable, la situation demeurait trop grave pour faire acte de clémence.

Elle n'avait aucune preuve de sa culpabilité, mais tout dans son attitude prouvait qu'il n'était pas si innocent que cela. Ne serait-ce que cette abnégation dont il faisait preuve face à la nourriture. Et le silence dans lequel il s'enfermait : ce n'était pas dans la nature du Pookah de demeurer muet et effacé. Gaïg savait qu'une réprimande ne changerait rien à la situation : cela ne ferait que créer des tensions entre les occupants du bateau. L'espace disponible était trop restreint pour permettre une dispute. Elle avait donc choisi de calquer son attitude sur celle de Winifrid et d'AtaEnsic, mais c'était parfois difficile pour sa nature impulsive. Elle avait du mal à jouer le jeu de l'indifférence.

Elle se demandait si les deux Nains se doutaient de la vérité. Mfuru, blotti contre AtaEnsic, gardait les yeux fermés la majeure partie du temps, composant une musique connue de lui seul, dont il tapotait les notes avec les doigts sur le corps de la Licorne. Cette dernière, tout à l'écoute des vibrations produites sur sa peau, semblait s'être retirée du présent.

Dikélédi demeurait affalée au fond du bateau, comme pour voir le moins possible la mer. Gaïg la touchait de temps en temps, ou lui parlait, mais la jeune Naine semblait elle aussi perdue dans un autre monde. Peut-être qu'elle pensait à ses parents… Gaïg se demandait quel effet cela faisait de savoir qu'on comptait pour quelqu'un, un père ou une mère qui serait meurtri en apprenant votre disparition. Chaque fois qu'elle pensait à ses parents, Gaïg retombait inévitablement sur Nihassah : c'était elle qui lui avait servi de mère et de père en même temps, bien plus que Jéhanne et Garin, qui n'avaient été que des parents nourriciers – et encore, si on ne tenait pas compte des heures qu'elle avait passé à pêcher pour nourrir toute la famille.

Winifrid s'était réfugiée contre le flanc d'AtaEnsic : c'était elle qui souffrait le plus des ardeurs du soleil. Sa peau, ses yeux, tout chez elle était habitué à la fraîcheur du sous-bois. Elle s'était collée contre la Licorne et avait fermé les yeux, une main dans la poche. Gaïg supposa qu'elle devait penser à Walig. Txabi, au contraire, s'était allongé de tout son long sur l'étroit rebord à l'avant du bateau afin de capter le maximum de rayons solaires : plus il faisait chaud, plus il appréciait. Chacun suivait le fil de ses pensées dans un silence général, ponctué par les clapotements de Gaïg quand elle refaisait surface ou décidait de monter à bord.

En ce matin du troisième jour, depuis un moment, Gaïg n'arrêtait pas de plonger : cela faisait plusieurs fois qu'elle voyait une ombre passer sous le bateau. Mais il suffisait qu'elle plonge pour que tout redevienne comme avant. Ne voulant pas inquiéter ses compagnons, elle avait gardé ses observations pour elle : si c'était un gros poisson, un énorme poisson susceptible de renverser la coque de noix qui leur servait d'embarcation, il valait mieux se taire pour ne pas les alarmer.

Mais elle surveillait, scrutant les profondeurs à la recherche d'une explication. Un reflet dans l'eau? Reflet de quoi? Il n'y avait même pas de nuages dans le ciel. Un rocher affleurant à la surface? Qui disparaissait chaque fois qu'elle plongeait? Depuis quand les rochers bougeaient-ils? La curiosité de Gaïg était éveillée : si c'était un poisson intrigué par la barque, pourquoi fuyait-il précipitamment dès qu'elle apparaissait? Parce qu'elle l'effrayait? C'était dans l'ordre des choses possibles…

L'amarre flottait toujours à l'arrière. Gaïg, décidée à en avoir le cœur net, déroula ce qui restait de cordage au fond du bateau, afin de donner toute sa longueur à l'amarre. Elle se mit à l'eau et s'accrocha à la corde, se laissant flotter mollement à une certaine distance du bateau, sans provoquer la plus petite éclaboussure. Elle examinait les profondeurs avec attention, tournant doucement la tête de temps en temps pour prendre une bouffée d'air qu'elle faisait durer le plus longtemps possible. Mais rien ne se passait.

Au bout de ce qui lui parut une éternité, elle sentit plus qu'elle ne vit un remous naître dans les profondeurs. Retenant son souffle afin de ne pas laisser échapper la moindre bulle d'air qui la trahirait à coup sûr, elle vit apparaître deux formes ovales, assez imposantes, qui devenaient de plus en plus précises à mesure qu'elles se rapprochaient. Gaïg reconnut d'abord leurs queues, des queues longues et larges aux reflets argentés. Des poissons. De gros poissons. Sans doute attirés par la présence du bateau. Ils n'avaient pas encore vu Gaïg et nageaient pour se rapprocher de l'embarcation.

Gaïg avait du mal à identifier à quel type de poisson elle avait affaire : si la queue lui semblait relever du domaine du connu, elle ne comprenait pas comment le reste du corps était fait. Le crâne, plutôt rond, semblait séparé du reste du corps. C'est en comparant les nageoires avant à des bras qu'elle sentit un frémissement lui parcourir le corps. Était-ce possible ? Elle sursauta et plongea la tête plus profondément dans l'eau afin de mieux voir. Ce léger mouvement attira l'attention des deux ombres, qui jetèrent un coup d'œil dans sa direction.

Une des formes disparut presque instantanément dans les profondeurs. La deuxième se rapprocha en un éclair, examina rapidement Gaïg, et remarqua tout de suite la bague qui scintillait de mille feux dans l'eau. Gaïg croisa son regard et eut à peine le temps de lire une expression étonnée sur son visage : elle avait disparu elle aussi.

Gaïg plongea, mais elle savait que c'était inutile : jamais elle ne rattraperait les deux Sirènes. Maintenant, elle était sûre de ce qu'elle avait vu : deux Sirènes grassouillettes qui étaient venues étudier le bateau. La plus farouche, celle qui s'était enfuie immédiatement, avait dû apercevoir l'embarcation la première : c'était son ombre que Gaïg avait aperçue. Elle était si méfiante qu'elle se sauvait dès que Gaïg plongeait. Mais elle avait averti l'autre et elles étaient revenues inspecter les lieux. Gaïg avait bougé malgré elle, sous l'effet de la surprise, et la plus courageuse des Sirènes était venue découvrir de plus près de quoi il s'agissait. Gaïg ne comprenait pas pourquoi elle avait affiché un air si étonné à sa vue. Encore que... Ce ne devait pas être si fréquent, des naufragés dans une barque, avec une fillette accrochée à une corde se laissant flotter à la dérive...

Elle se rappelait le bref instant pendant lequel elle avait croisé le regard de la Sirène : son propre regard devait exprimer la surprise lui aussi...

Gaïg avait déjà rencontré une Sirène plusieurs fois dans le passé, quand elle habitait encore le village de Garin et Jéhanne. Une qui semblait beaucoup plus âgée que ces deux-là. Elle lui avait paru plus imposante, peut-être à cause de son âge, justement.

Des rides sillonnaient sa peau, mais pas seulement sur le visage : son « cuir » – on pouvait sans exagérer employer un tel terme – semblait racorni, tanné par le soleil sur ce qui constituait son buste. Le reste du corps, à partir des hanches, était recouvert d'écailles. Sa chevelure, sans doute noire à l'origine, avait blanchi sur le front et les tempes, l'auréolant d'une couronne de douceur. Car c'était l'impression qui se dégageait d'elle de prime abord : la douceur. Une douceur qui s'accompagnait de compréhension et d'indulgence, perceptibles dans le regard qu'elle posait sur les êtres et les choses.

Elle avait pour habitude de demeurer immobile dans un recoin de rocher où elle se fondait dans le décor et Gaïg ne la voyait jamais du premier coup. Ce n'est que lorsqu'elle sentait une présence, un regard posé sur elle, qu'elle découvrait, quelquefois assez près, cette vieille Sirène qui s'empressait alors de disparaître.

Gaïg s'était parfois demandé si la Sirène la surveillait, ou savait qui elle était. Mais elles ne s'étaient jamais parlé, même si Gaïg avait affirmé le contraire aux enfants du village, histoire de les impressionner. Gaïg aimait bien rencontrer cette « dame de la mer » et elle aurait apprécié pouvoir entrer en communication avec elle. La Sirène lui inspirait confiance spontanément. Mais elle se sauvait dès qu'elle était découverte. Gaïg était sûre qu'elle ne lui voulait aucun mal : elle ne l'avait jamais attaquée, alors qu'elle aurait eu de multiples occasions de le faire. Gaïg avait perçu trop de douceur dans son regard pour se méfier d'elle. Elle aurait même pu affirmer que la vieille Sirène était contente de la voir.

Maintenant qu'elle avait entrevu les deux autres Sirènes, elle aurait bien aimé retrouver l'ancienne, qu'elle qualifia immédiatement de Reine des Sirènes, à cause de son âge vénérable. Les deux autres devinrent dans sa tête la Farouche et la Courageuse. Peut-être que la Reine des Sirènes lui serait venue en aide, si elle avait été là. Gaïg n'aurait pas craint de lui parler, ou tout au moins, d'essayer d'établir une communication avec elle pour lui expliquer la situation critique dans laquelle elle se trouvait avec ses amis.

Mais comment communiquait-on, sous l'eau? Avec l'esprit? Elle avait toujours partagé ses idées ou ses observations avec les habitants sous-marins de la baie proche de son village, mais elle ne s'était jamais préoccupée de savoir s'ils la comprenaient ou non. Poussée par le désir de combler sa solitude, elle avait décrété d'office que la réponse était oui, d'autant plus qu'ils étaient plusieurs fois accourus à son secours quand une difficulté avait surgi. Mais à une telle distance du village, pouvait-elle attendre de l'aide du poulpe à sept tentacules et demi ou de la Reine des Murènes ? Suffisait-il qu'elle envoie en pensée un message de détresse à l'un d'eux? Le recevrait-il?

Elle préféra se concentrer sur la Reine des Sirènes : puisqu'il y avait des Sirènes dans le coin, peut-être que cette dernière n'était pas très loin… Peut-être aussi que la Farouche et la Courageuse alerteraient tout le monde sous-marin des environs et que la Reine des Sirènes apprendrait par elles que son amie Gaïg était en difficulté. Gaïg sourit : comme l'amitié était facile! Voilà qu'elle se décrétait amie de la Reine des Sirènes! Mais elle éprouvait de la sympathie pour cette vieille grand-mère Sirène, qui avait dû voir pas mal de choses dans sa vie, et qui éprouvait encore un sentiment de curiosité assez fort pour venir rendre visite de temps en temps à une gamine qui passait son temps dans l'eau.

Gaïg l'appela mentalement à l'aide. Elle se sentit immédiatement ragaillardie. Ses compagnons et elle seraient sauvés. Elle ne savait pas comment la chose se déroulerait, mais il se passerait quelque chose, c'était certain. Sa bague brillait dans le soleil, et une musique marine lui emplissait les oreilles. Cette musique surgissait toujours dans les moments importants de sa vie ou simplement quand elle se sentait bien, en train de flotter négligemment entre deux eaux. Et là, elle l'entendait très nettement. Tout à coup, elle comprit comment Mfuru pouvait jouer de la musique « dans sa tête ». Elle faisait la même chose, finalement. Sauf que chez elle, ce n'était pas volontaire : la mélodie surgissait toute seule, de façon inattendue, et disparaissait sans qu'elle s'en rende compte.

Elle s'attarda encore un bon moment dans l'eau, à s'agiter et à battre des pieds comme pour faire savoir qu'elle était là, elle remonta dans le bateau, souriante, et fut frappée par l'expression d'accablement de ses passagers. Les choses n'allaient peut-être pas si bien que ça, finalement. Ils avaient tous l'air hébété, absent, ou résigné : Gaïg ne savait quel qualificatif employer. Winifrid était pâle : ses joues, si roses d'habitude, étaient livides, ses lèvres exsangues. On aurait dit une poupée de chiffon au teint défraîchi par le soleil. AtaEnsic avait posé sa tête sur le bord de la barque et respirait bruyamment. Dikélédi se tenait pelotonnée en un petit tas informe à côté de Mfuru, qui ne bougeait pas. Gaïg crut même qu'il avait arrêté de respirer et ressentit un coup au cœur. Mais elle se rendit compte que sa poitrine se soulevait légèrement.

Même le Pookah avait perdu l'assurance qu'il affichait auparavant : il était devenu un petit vieux rabougri, au teint gris, recroquevillé sur lui-même. Il ouvrait les yeux de temps en temps pour scruter l'horizon, puis les refermait aussitôt, comme si la luminosité était douloureuse. Txabi avait adopté la couleur sombre du bateau, et s'était rigidifié en un insignifiant batracien desséché. On le voyait à peine, il se confondait avec le bois. Curieusement, Gaïg ressentait moins d'inquiétude pour lui, en dépit de son jeune âge, que pour ses autres compagnons. Les Salamandars étaient des habitués du feu, et le soleil n'était finalement qu'un grand feu dans le ciel, selon elle.

La faim et la soif faisaient des ravages et l'anxiété envahit Gaïg. Elle n'avait rien à proposer à ses amis. Boire de l'eau de mer? Ils avaient déjà essayé. L'expérience s'était révélée peu concluante, à cause du goût salé. Gaïg était étonnée de sa propre résistance : elle n'avait pourtant pas mangé plus qu'eux. Peut-être que le fait de se baigner l'hydratait naturellement. L'eau de mer la nourrissait. Elle n'avait même pas faim. Enfin, si. Un peu...

Elle tourna la tête : il lui avait semblé percevoir du coin de l'œil un mouvement sur la mer. Mais elle ne détecta rien. Elle était cependant certaine que quelque chose s'était tenu là et avait plongé quand elle avait bougé : les cercles concentriques qui agitaient la surface en témoignaient. Mais quoi? Peut-être la Courageuse, venue aux nouvelles? Gaïg se dit qu'elle aurait pu aussi bien la surnommer la Curieuse... Mais Curieuse ou Courageuse, si elle ne venait pas en aide aux occupants du bateau, pourquoi leur rendait-elle visite? Pour les narguer? Pour attendre le moment de leur mort et les dévorer ensuite?

Gaïg se rebiffa : ils n'étaient pas encore morts, loin de là. Ses compagnons étaient en mauvaise posture, mais elle les sauverait. Si elle le voulait très fort, il se produirait quelque chose, qui modifierait la tournure prise par les événements. Elle réfléchissait activement, en scrutant l'océan, à la recherche d'une idée. Mais rien ne venait. Absolument rien.

Le temps passait et Gaïg se laissait gagner par le découragement elle aussi. Ce n'était pas la peine d'espérer du secours : la mer était vide. Elle ferma les yeux et ralentit volontairement le rythme de sa respiration, selon la vieille technique de survie à laquelle elle avait recours quand la vie la malmenait. En respirant moins vite, elle finissait par ressentir un engourdissement du corps et du cerveau, qui endormait la souffrance.

C'est pourquoi elle ne prêta aucune attention au changement de temps. Le ciel s'était couvert sans qu'elle s'en rende compte. Longtemps après, c'est la sensation de fraîcheur humide qui la fit sortir de sa léthargie, plus que le choc contre la coque du bateau et le léger bruissement de feuillage qui s'ensuivit.

18

Gaïg se redressa. Le ciel était sombre, et des vaguelettes couraient à la surface de l'océan, le parsemant de fugaces crêtes blanches. Il y avait un drôle d'arbre qui flottait près du bateau, accroché par ses branches. À ses racines étranges et monstrueuses, Gaïg reconnut un manguier de mer. Une espèce végétale qui s'était adaptée à l'eau salée et qui poussait sur les rivages, développant tout un réseau de racines aériennes pour échapper à la marée. Comment était-il arrivé là? Arraché par une tempête lointaine? Par celle qui allait sévir sous peu? Il était visible que le temps s'était gâté. Ou apporté par les Sirènes?

Gaïg opta pour la dernière hypothèse. Elle avait prévu que quelque chose arriverait qui changerait les données de la situation. Un manguier de mer, c'était du feuillage pour

AtaEnsic. Et, avec un peu de chance, des coquillages fixés aux racines, pour les autres. Elle examina le pied de l'arbre : ses racines étaient couvertes de moules. Des algues d'une espèce comestible que Gaïg connaissait bien étaient enchevêtrées dans les racines. Des crevettes captives se débattaient dans le feuillage, comme prises dans un filet de pêcheur. C'était un festin providentiel qui s'offrait à eux.

Gaïg toussota afin de sortir ses compagnons de leur prostration hébétée :

— Hum! Hum! Ce n'est pas aujourd'hui que nous mourrons de faim. Regardez.

Ils ouvrirent lentement des yeux atones et languissants. AtaEnsic bougea à peine, comme si elle était trop faible pour remuer sa grosse tête. Gaïg cassa une branche et la tendit à Mfuru, qui arracha quelques feuilles qu'il porta à la bouche d'AtaEnsic. Il en tendit une à Dikélédi et en plaça une dans sa propre bouche : tous trois commencèrent à mastiquer sans se poser de questions. La faim leur tordait les entrailles.

— Hé, mais il y a mieux que des feuilles pour nous, s'exclama Gaïg. Ces algues sont comestibles, j'en suis sûre. Et il y a des moules. Et des crevettes.

Elle tendit des algues à tous, puis des crevettes qu'elle décapitait d'une torsion et décortiquait adroitement. Winifrid arracha quand même une feuille de l'arbre et la goûta :

— *C'est un manguier de mer, n'est-ce pas?* demanda-t-elle à Gaïg.

— Oui, ce n'est pas un poison. Mais dans ton état, les algues et les crevettes, c'est mieux. Je vais essayer de casser les coquilles de moules avec mes dents. Ce ne sera pas évident.

AtaEnsic murmura faiblement :

— Il y a une pierre dans le fond de la barque : elle n'est pas très grosse, mais je la sens depuis le départ.

La Licorne n'avait pas la force de se relever et Mfuru dut introduire la main sous son ventre pour retirer ladite pierre qu'il tendit ensuite à Gaïg. La pierre était de dimensions on ne peut plus modestes pour l'usage qu'elle voulait en faire, mais c'était mieux que rien. Elle commença immédiatement à arracher les moules des racines auxquelles elles étaient accrochées, à briser leur coquille et à les tendre à ses amis. C'était elle la plus valide pour accomplir cette tâche, mais Loki vint rapidement à son aide : il détachait les moules de leur support végétal, et Gaïg fendait leur coquille avant de les offrir à la main qui se tendait. Pendant un moment, on n'entendit que des bruits de succion et de déglutition.

Txabi s'était rapproché et grignotait une algue, tous les sens en éveil.

— Mais Loki, tu peux en manger aussi, fit remarquer Dikélédi. Il n'y a pas que nous... Et toi aussi, Gaïg.

— Je n'en ai pas l'air, mais je mange des algues, répondit Gaïg après avoir avalé sa bouchée.

— Moi aussi, dit simplement Loki, alors que sa bouche était vide.

Gaïg lui tendit une moule, qu'il ne put refuser. Elle lui offrit coup sur coup plusieurs moules, mais dès la quatrième, il les fit passer aux autres.

— Je peux encore tenir, assura-t-il. Ou manger des algues, comme Gaïg.

Aucun des passagers ne se posa de questions sur le fait que les crevettes qu'ils avalaient étaient crues ou que les moules étaient vivantes : ils avaient trop faim pour cela. Ils cherchaient avant tout à se remplir le ventre, afin de ne plus ressentir la torture provoquée par les crampes d'un estomac vide. AtaEnsic se sentait déjà mieux : ayant presque épuisé les feuilles, elle commençait à grignoter les jeunes branches, aidée de Txabi qui les trouvait aussi à son goût.

Seule Gaïg réfléchissait. Le temps avait continué à se gâter et le vent se levait, soufflant par rafales. Il faisait de plus en plus sombre, pas seulement à cause du jour qui déclinait : le ciel s'était couvert de nuages. Elle n'avait pas fait part de ses observations météorologiques à ses compagnons, d'autant plus qu'elle avait remarqué un phénomène étrange. Le bateau se déplaçait. Mais il avançait à reculons. Son arrière était devenu son avant.

Gaïg n'avait pas de points de repères visuels pour déterminer la direction prise par l'embarcation, mais elle était sûre qu'elle se déplaçait, laissant un léger sillage derrière elle. L'amarre, qui d'habitude flottait librement à l'arrière, était enfoncée dans l'eau et se tendait parfois. La barque n'était pas seulement portée par les vagues, ou orientée par le souffle du vent : elle était remorquée, Gaïg en était sûre. Ce qui au demeurant n'avait rien d'étonnant pour elle : elle avait appelé la grand-mère Sirène à son secours et cette dernière était certainement venue.

Tout en constatant ces changements, Gaïg continuait à casser machinalement des coquilles de moules, dont elle absorbait le contenu, ses amis étant repus. Elle se pencha un peu par-dessus bord et aperçut des ombres, bien connues maintenant, sous l'embarcation. Une onde de gratitude l'envahit. Ses amies les Sirènes ramenaient le bateau à la côte.

Winifrid avait repris des couleurs. Elle était maintenant assise bien droite et contemplait la mer.

— *C'est drôle, j'ai l'impression qu'on avance,* murmura-t-elle. *On dirait que le bateau se déplace.*

— Nous sommes remorqués, avoua Gaïg, ne sachant pas si elle pouvait en dire plus, et surtout si on la croirait.

Tous ouvrirent de grands yeux.

— Remorqués? On est sauvés alors? demanda Loki, une note d'espoir dans la voix.

— Sauvés, je ne sais pas. Je l'espère. Mais le mauvais temps arrive. Et je ne sais même pas où on va. On nous ramène à la côte, je suppose.

— *Qui ça, « on »?* demanda Winifrid.

— Je crois que ce sont des Sirènes, souffla Gaïg.

AtaEnsic se retourna en même temps que le Pookah, les couleurs récemment revenues de Winifrid quittèrent son visage :

— *Des Sirènes? Tu les as vues? Tu leur as parlé? Elles ne t'ont rien fait au moins?* s'enquit-elle, pleine d'inquiétude.

Gaïg ne comprit pas la raison de cette anxiété.

— Mais non, elles ne m'ont rien fait, tu le vois bien. Elles sont gentilles, elles nous remorquent. Pourvu qu'on arrive en lieu sûr avant la tempête…

AtaEnsic et Winifrid échangèrent un regard et la Dryade haussa les épaules en un geste d'impuissance.

— Je suppose que c'est ainsi que les choses doivent se passer... énonça sentencieusement AtaEnsic.

Gaïg ne comprenait pas trop ce qu'elle interprétait comme une sorte de réticence dans leur attitude et choisit de leur avouer la vérité afin de les rassurer.

— Je les ai à peine vues, vous savez. Elles nagent sous le bateau depuis ce matin, mais elles s'enfuient quand je plonge. Il n'y en a qu'une seule qui se soit approchée de moi. Elle est repartie aussitôt : elle avait l'air très étonné de me voir dans l'eau. Ce que je peux comprendre... Je pense que ce sont elles qui nous ont apporté le manguier des mers.

— Ça veut dire qu'on n'est pas loin de la terre, hé! hé! conclut Loki, qui semblait beaucoup plus à l'aise maintenant qu'il y avait de l'espoir.

— *C'étaient des Sirènes mâles ou femelles?* interrogea Winifrid.

— Des filles, je pense. Il y a des Sirènes mâles? À vrai dire, je ne m'étais jamais posé la question. Je croyais qu'il n'y avait de Sirènes qu'au féminin.

— C'est un peuple composé en majorité de femmes, expliqua AtaEnsic. Il y a très peu de Sirènes mâles : les femmes sirènes ont la possibilité de choisir le sexe de leur progéniture en sécrétant des hormones différentes selon qu'elles veulent un garçon ou une fille. Au début, les deux sexes étaient à égalité. Mais les mâles passaient leur temps à guerroyer et ils traitaient très mal les femmes sirènes. Ils les humiliaient et les considéraient comme des êtres inférieurs. Elles étaient complètement asservies. Alors, petit à petit, elles ont arrêté de mettre au monde des garçons. Elles en font un de temps en temps, simplement comme étalon, pour la sauvegarde de l'espèce. Bien que peu nombreux, ils sont en perpétuelle rivalité. Mais ils n'ont plus aucun pouvoir sur les femmes. Ce qui ne les empêche pas de se battre et de donner la mort, malheureusement...

Gaïg était subjuguée, elle attendait une suite qui ne vint pas.

— Tu connais beaucoup de choses, Ata-Ensic, laissa-t-elle échapper, admirative. Comment sais-tu tout cela? Raconte encore...

Il y eut une déflagration à cause d'une vague plus forte que les autres et un paquet de mer s'abattit dans la barque. Mfuru et Dikélédi poussèrent un cri au contact de l'eau : ils étaient blêmes de peur. Il faisait beaucoup plus sombre maintenant, la nuit était tombée plus tôt que d'habitude à cause du mauvais temps. La barque était de plus en plus ballottée par les vagues. Chacun essaya de trouver quelque chose à quoi s'agripper.

Gaïg et ses compagnons se demandèrent s'ils ne couleraient pas avant d'atteindre la terre. Une bonne partie de la nuit s'écoula, sans grand changement : ce n'était plus la mer d'huile des nuits précédentes. Cependant, la violence du vent n'augmenta pas davantage. Finalement, Gaïg décréta que ce n'était même pas une « tempête ». C'était une mer « agitée » et l'angoisse régnant à bord s'expliquait simplement par le manque d'habitude. Personne ne dormit et quand le ciel s'éclaircit légèrement, annonçant l'aube, chacun se sentit soulagé, comme si le danger s'affrontait plus facilement de jour.

Gaïg avait été tentée de se jeter à l'eau plusieurs fois – elle rêvait d'entrer en contact avec les Sirènes – mais Winifrid l'en avait dissuadée, prétextant le mauvais temps qui pouvait les séparer en éloignant le bateau. AtaEnsic avait été plus nette :

— Si les Sirènes fuient quand tu approches, ce n'est peut-être pas le moment de les effrayer! Nous avons encore besoin d'elles…

— Mais j'essaierais de leur parler. Au moins pour les remercier…

— Tu pourras aussi bien le faire quand nous serons arrivées et que tu auras pied. Si ça tourne mal, au moins tu pourras te réfugier sur la terre ferme!

— Si elles étaient des ennemies, elles ne nous auraient pas remorquées, AtaEnsic. Je te dis qu'elles sont gentilles.

— Sais-tu au moins où elles nous amènent? avait demandé AtaEnsic en roulant de gros yeux qu'elle essayait de rendre effrayants.

Bien que la situation ne s'y prêtât guère, Gaïg avait ri.

— Dans leur palais sous-marin!

Puis, redevenant sérieuse :

— J'aimerais bien, remarque. Je me demande comment elles vivent. Ça doit être bien, de vivre tout le temps dans l'eau…

— Et comment tu respirerais?

— Je remonterais parfois prendre une bouffée d'air à la surface.

— Tu as réponse à tout, Gaïg. Moi, j'aimerais bien sortir de ce bateau et me retrouver sur la terre ferme.

— On y arrive, AtaEnsic, avait dit Loki, comme si c'était la chose la plus naturelle du monde. Terre en vue hu! hu! hu!

Tous s'étaient redressés d'un même élan.

— Là-bas, regardez! On revient à la maison, ha! ha!

Une masse sombre apparaissait effectivement dans le lointain. La mer était toujours agitée, mais la proximité de la terre rassura tout le monde. Un soupir de soulagement s'échappa de toutes les bouches.

— On pourrait ramer, maintenant qu'on sait où on va, suggéra Gaïg. Elles doivent se sentir fatiguées, elles nous ont traînés toute la nuit.

Mfuru et Loki saisirent chacun une rame et commencèrent à pagayer. Ce n'était pas facile à cause des vagues qui soulevaient parfois la barque, mais ces dernières les rapprochaient aussi du rivage sur lequel ils allaient s'échouer. De plus, ils pagayaient « à l'envers », puisque l'arrière du bateau, auquel était attachée l'amarre, était devenu l'avant. Le jour s'était levé quand ils purent distinguer les détails du littoral.

— Je ne vois pas de village, constata Gaïg. Peut-être qu'on devrait débarquer sur la première plage qu'on trouvera et chercher ensuite.

— Nous avons tous hâte de sortir de ce bateau, dit AtaEnsic, exprimant ainsi la pensée générale. Mettons pied à terre, on verra ensuite.

Les deux rameurs sentaient un regain d'énergie à mesure que le temps passait et que la côte se rapprochait. Cette dernière était plutôt rocheuse et peu accueillante. Finalement, ils distinguèrent une bande de sable qui longeait une petite crique perdue dans la végétation.

— Peut-être qu'on devrait se contenter de cette crique dans un premier temps, annonça Gaïg. Juste pour reprendre des forces après tout ce temps en mer.

— *Actuellement, nous n'avons pas les moyens de nous montrer difficiles,* fit observer Winifrid. *Une fois à terre, on cherchera un village et on saura où on est.*

Dans leur impatience d'atteindre la côte, ils ne s'étaient même pas rendu compte que la barque avançait seulement à la force des rames. Gaïg fut la première à s'en apercevoir.

— Hé, les Sirènes sont parties! s'exclama-t-elle, désappointée. Elles ne nous tirent plus.

— On peut alors ramer normalement, conclut immédiatement Loki, qui commença les manœuvres nécessaires pour tourner le bateau, aidé par Mfuru.

Gaïg était très déçue: elle n'avait pas pu revoir celles qu'elle considérait dorénavant comme des amies, et encore moins les remercier. Elle examinait le fond sous-marin, mais ne voyait rien : la mer était encore agitée et le sable en suspension dans l'eau la rendait opaque.

— Tu les reverras, Gaïg, ne t'inquiète pas, promit AtaEnsic. Tu passes ton temps dans l'eau : je suis certaine qu'elles viendront vérifier si nous sommes bien arrivés.

Il fallut un moment pour aborder, échouer le bateau sur le sable, l'attacher, faire débarquer les passagers. Chacun s'adonnait à la joie de sentir le sol sous ses pieds, de voir des arbres, d'inspecter les environs proches. Loki avait déjà disparu avec Txabi, en quête d'aventures ou de nouvelles sensationnelles à rapporter.

Seule Gaïg gardait le visage tourné vers la mer : elle aurait tellement aimé revoir les Sirènes...

19

Les deux Nains se remettaient de leurs émotions, maintenant qu'ils se trouvaient en sécurité sur la terre ferme. Dikélédi avait annoncé d'une voix ferme qu'elle n'était pas près de remonter dans un bateau : la navigation, ce n'était pas pour elle. Mfuru avait gardé le silence, jugeant inutile de confirmer une évidence. AtaEnsic broutait, pendant que Winifrid batifolait d'arbre en arbre, apportant parfois les fruits de ses découvertes à ses amis.

Chacun essayait d'oublier les difficultés vécues pendant ces trois derniers jours. Les épreuves avaient été rudes à surmonter pour tous. Même Gaïg sentait qu'elle avait besoin de se reposer. De plus, demeurer un peu sur cette petite plage lui laissait une chance de revoir les Sirènes.

La journée s'écoula calmement. Gaïg commençait à se demander où étaient passés Loki et Txabi, qui n'étaient toujours pas revenus. Elle savait qu'elle n'avait aucun contrôle sur les actions du Pookah, mais elle craignait son influence sur le jeune Salamandar. Txabi semblait en effet très intéressé par les faits et gestes de Loki et le suivait volontiers. Depuis « l'incident » de la barque lâchée à la dérive en pleine mer, Gaïg avait perdu toute confiance en Loki et elle se méfiait de l'amitié qui s'était spontanément établie entre Txabi et lui.

Quand ils réapparurent, en fin d'après-midi, Gaïg n'eut pas le temps d'ouvrir la bouche pour une réprimande qu'elle aurait voulu mémorable. Le Pookah atterrit au milieu d'eux, essoufflé et en sueur, suivi d'un Txabi agité, frétillant de la queue, et ne lui laissa pas le temps de placer un mot. Il plaça ses deux mains sur son cœur qui battait la chamade, comme pour le calmer, et commença, sans même reprendre son souffle :

— On a vu des Nains. Il y a des Nains là-bas. Ils sont enchaînés. Prisonniers des Hommes. Ils travaillent dans une mine. Ils sont attachés ensemble au moyen de grosses chaînes. Il y a une sorte de village avec des cabanes, au bord d'une baie. Il y a un bateau dans la baie. Les Nains sont réduits en esclavage par les Hommes. On n'a pas pu leur parler. Il y en a beaucoup. Il y a des enfants aussi. Et des Naines. Ils sont en très mauvais état : ils n'ont pas assez à manger. Ils sont maigres. Les Hommes ont des fouets. Et des chiens. Maigres aussi. Mais les chiens ont peur du Nyanga. Un des Hommes a ordonné à un chien d'attaquer un Nain qui n'allait pas assez vite à son gré. Le chien a sauté sur le Nain, mais le Nain l'a touché avec sa main : il portait un bracelet en Nyanga au poignet et le chien s'est sauvé en couinant comme une souris. L'Homme a battu le Nain avec son fouet. Quand le chien est revenu, il l'a battu aussi. Les Nains sont maigres. Très maigres. Les Hommes sont gros. Énormes. Il y a une mine. C'est de l'or qu'ils cherchent. On a vu un Homme qui pesait des pépites avant de les ranger dans un sac. Les Nains sont prisonniers, je vous dis. Ils sont enchaînés l'un à l'autre. On n'a pas pu les libérer, ils sont trop nombreux. Et il faut des clés. Ils ont un anneau de fer autour d'un pied, relié à la chaîne. Ils sont attachés pas groupes de huit. Leurs pieds sont blessés, à cause de l'anneau. C'est infecté. On a visité tout le campement sans se faire voir. Mais les chiens nous ont sentis. Ils ont voulu croquer Txabi. Ils ont faim. Il faut les libérer. Pas les chiens, les Nains. Ils sont très maigres aussi.

Oh, que je suis fatigué! Non, je me trompe : oh, que c'est triste!

Loki se tut, à bout de souffle, visiblement bouleversé. Ses compagnons, sous le coup de la stupeur, demeurèrent muets. Ils restaient suspendus à ses lèvres, attendant la suite. Gaïg se demanda un bref instant s'il mentait. Le Pookah avait l'air sincère : il avait débité d'une traite tout ce qu'il savait.

Txabi prit la relève, comme pour appuyer les dires de son ami :

— Il y a beaucoup de Nains. Très maigres. Et des enfants. Les Hommes les font travailler aussi. Mais Loki a dit qu'on va les libérer. Comme les chevaux.

Gaïg et ses amis étaient stupéfaits, aux prises avec les multiples questions qui s'agitaient dans leur tête.

— Mais qui sont ces Nains? demanda enfin Dikélédi, s'adressant surtout à Mfuru.

Pour elle, la famille des Nains était complète et elle ne parvenait pas à identifier ceux dont parlait Loki.

— Je ne vois pas, répondit Mfuru, désorienté.

Il semblait profondément troublé. Il ne manquait personne dans les monts d'Oko, et il n'avait pas entendu parler de disparitions dans les pitons de Wassango-Kilolo, chez les Pongwas et les Affés. Encore moins chez les Gnahorés, très occupés à s'enrichir parmi les hommes. Il avait beau réfléchir, il ne trouvait pas de réponse.

— Je ne vois pas, répéta-t-il. Nous sommes au complet. Êtes-vous certains que ce sont des Nains?

Loki bondit du tronc sur lequel il s'était assis :

— Bien sûr que ce sont des Nains. Ils sont très maigres, mais ce sont des Nains. Ça se reconnaît, un Nain, quand même.

— Si c'est une blague, Loki, elle est de très mauvais goût, avertit Gaïg, sceptique. On commence à en avoir assez, de tes plaisanteries douteuses, d'autant plus qu'elles sont dangereuses. Parce que c'est toi qui avais détaché le bateau, n'est-ce pas?

Dikélédi et Mfuru ouvrirent de grands yeux étonnés en entendant Gaïg proférer cette accusation, alors que Winifrid rentrait la tête dans les épaules. AtaEnsic intervint :

— Ce n'est peut-être pas le moment d'aborder le sujet. Il faut d'abord éclaircir ce mystère : qui sont ces Nains, et pourquoi ils sont dans un tel état?

Gaïg s'apprêtait à répliquer, mais Loki avait déjà sauté devant elle, affichant un air hautement outragé :

— Des Nains, des êtres humains sont réduits en esclavage par des Hommes, il faut leur venir *en aide et les libérer, et Madame Gaïg traîne encore sur le passé. Tu n'en es pas morte, non ? C'était une petite plaisanterie de rien du tout. Et c'est grâce à moi que nous sommes ici...*

Gaïg était outrée par la mauvaise foi du Pookah et elle cherchait une réplique cinglante. Winifrid posa sa main sur son bras pour la calmer.

— *Je savais que tu avais deviné, Gaïg. Ça te permet de comprendre pourquoi les Pookahs doivent rester dans la forêt de Nsaï. Loki est avec nous à cause d'un mauvais concours de circonstances : l'éboulement qui a eu lieu dans la grotte des sources chaudes de Tcolawitsé. Sinon, il serait resté à Nsaï.*

Gaïg était toujours en colère.

— Ils sont complètement fous, les Pookahs! s'exclama-t-elle. On ne devrait pas les laisser en liberté!

— *En temps normal, ils sont « enfermés » dans la forêt de Nsaï*, répliqua Winifrid avec philosophie. *Avais-tu déjà rencontré un Pookah avant? Tu ne connaissais même pas leur existence, je suis sûre.*

Gaïg se trouva confondue par la justesse de la remarque. Elle osa même continuer le raisonnement pour arriver à la conclusion que c'était à cause d'elle que Loki se trouvait là et non à Nsaï. Winifrid et AtaEnsic, grâce à leur finesse d'esprit, avaient suivi le cheminement de ses pensées.

— *Personne n'est responsable de ce qui nous arrive, Gaïg,* poursuivit Winifrid. *Ce n'est pas plus à cause de toi que de Loki que nous sommes ici. Parfois, il arrive des choses incompréhensibles et ce n'est que longtemps après que l'on comprend pourquoi.*

— Et si on s'occupait de ces mystérieux Nains? proposa AtaEnsic, montrant ainsi que la discussion était close.

Mfuru était toujours décontenancé :

— Je ne vois pas de qui il s'agit. Je n'ai jamais entendu parler d'esclavage dans le pays de N'dé. Ou de camps de prisonniers. Et si des Nains disparaissaient en grand nombre, on le saurait.

— Et si on n'était pas dans le pays de N'dé? suggéra Gaïg, prise d'une inspiration subite. Après tout, on a dérivé plusieurs jours.

Encore sous l'emprise de la colère, elle avait parlé malgré elle. Ses compagnons, surpris par son bon sens, la fixèrent, éberlués. Cette hypothèse à laquelle aucun d'entre eux n'avait songé leur paraissait maintenant évidente.

— Une... une île? bégaya Dikélédi.

— Je ne sais pas. Une île ou un continent. Une autre partie du monde, avec d'autres Nains.

— D'autres Nains? reprit Dikélédi, en consultant Mfuru du regard.

Mfuru retrouva un semblant d'assurance :

— Il n'y a que cinq tribus de Nains sur terre : les Lisimbahs, les Pongwas, les Affés, les Gnahorés, et…

Le sang se retira de son visage, il devint livide. Il commença à trembler. Il retint un hoquet et sentit remonter son repas dans sa gorge. Sans un mot, la main sur la bouche, il se précipita pour vomir. Des spasmes violents lui contractaient l'estomac, alors qu'il n'avait plus rien à rendre.

Après un moment, il revint auprès de ses camarades. La sueur dégoulinait de ses tempes et il était toujours blanc comme un linge, incapable de parler. Son père, qu'il avait perdu alors qu'il n'était encore qu'un enfant, était un Kikongo. C'était de lui qu'il tenait son goût pour la musique. Et il n'y avait que les Kikongos qui manquaient à l'appel, parmi les enfants de Mama Mandombé.

Petit à petit, l'idée qui n'avait pas été émise fit son chemin et germa dans les cerveaux. Dikélédi était aussi pâle que Mfuru, elle avait saisi. Gaïg, moins au courant de l'histoire des Nains, fut la dernière à comprendre. Elle se rappelait la conversation avec WaNguira, quand Mama Mandombé, la Déesse Magnifique, lui avait fait don de la Pierre des voyages.

— Les Kikongos... souffla-t-elle, pas très sûre de sa mémoire.

Dikélédi la considéra et se tourna vers Mfuru, quêtant anxieusement son approbation :

— Ils ont disparu, n'est-ce pas? Au moment du Premier Exode? Ça fait plus de cent ans maintenant. Je n'étais pas née. Ils ont été engloutis dans une coulée de lave, non? Il n'y a eu aucun Kikongo survivant. On n'a plus jamais entendu parler d'eux, pas vrai?

Elle répétait ce qu'on lui avait raconté et qu'elle avait toujours cru vrai. Ses questions n'étaient pas des questions, mais des affirmations. Et elle attendait de Mfuru qu'il appuie ses dires. Cependant, elle se doutait, avec une intuition toute féminine, qu'il y avait là un secret douloureux, une énigme inquiétante à éclaircir, une erreur monstrueuse qui marquerait l'histoire des Nains à jamais.

Mfuru semblait anéanti, perdu dans les souvenirs d'un passé heureux, quand il avait encore un modèle masculin à admirer et à imiter. Il retrouva péniblement l'usage de la parole.

— Oui, c'est ce qu'on a toujours cru. Qu'ils avaient disparu à cause du volcanisme. Il y a eu un affaissement de terrain et la mer a envahi leur pays.

— Si ces Nains ne sont pas des Kikongos, qui sont-ils, alors? demanda Gaïg.

— Ce sont les Kikongos, ce ne peut-être qu'eux, affirma Mfuru avec force. Il n'y a pas d'autres Nains sur terre. Il faut aller voir.

Toutes les fibres de son corps se révoltaient à l'idée de ses frères prisonniers, esclaves, de son père maltraité. Comment cela se pouvait-il? Qu'était-il arrivé? Et qui étaient ces bourreaux? Même si les Nains n'avaient jamais développé d'amitié profonde avec les Hommes de la côte, ils n'étaient pas ennemis pour autant. Et l'esclavage, cet horrible pouvoir détenu par un être humain sur un autre, n'avait pas cours au pays de N'dé. Pourquoi les Kikongos étaient-ils captifs? Est-ce que ça durait depuis le Premier Exode? Mfuru frémit à cette idée. Dire que pendant plus d'un siècle, on les avait crus morts… Et qu'ils étaient là, si près, en train d'endurer des souffrances épouvantables…

Mfuru se reprit sur le « si près » : pas « si près » que cela, puisqu'il leur avait fallu trois jours et deux nuits de navigation pour parvenir à ce pays inconnu. Son père était-il encore en vie? Il se leva, surprenant tout le monde par son air décidé : son entourage était toujours décontenancé quand Mfuru la Tortue entrait en action. Il s'adressa à Loki :

— C'est loin ? Tu nous montres le chemin ?

Loki paraissait effondré par sa propre découverte.

— C'est d'autant plus loin, qu'il n'y a pas de sentier. Mais il faut y aller : on va les libérer, ces Kikongos. Il faudra faire très attention en arrivant, à cause des chiens. Efflanqués comme ils sont, ils doivent mourir de faim.

Gaïg toucha sa bague : si un chien avait le malheur de s'approcher, elle lui brûlerait le museau jusqu'à la cervelle, se dit-elle. Et il tomberait raide mort, là, devant elle. Et la même chose avec les Hommes. Elle avait triomphé des Vodianoïs, ce n'était pas un vulgaire roquet qui allait l'arrêter.

Ils se mirent en marche et, dès le départ, l'avancée se révéla difficile à cause de l'absence de sentier. Mais ils ne virent pas le temps passer en raison de l'agitation qui régnait dans leur esprit. Dikélédi ne comprenait pas comment l'histoire pouvait changer ainsi, en l'espace de quelques minutes : elle tenait pour acquis que le passé était toujours vrai. Selon elle, les anciens ne mentaient pas, et ils apprenaient la vérité aux jeunes. Ce revirement de l'histoire la confrontait à une vaste remise en question de son monde habituel, composé de ses parents, ses aînés, les chefs de tribu, les grands prêtres, tous ceux qui étaient plus âgés qu'elle. Les adultes pouvaient donc mentir? Et ce, en toute bonne foi, puisqu'eux-mêmes croyaient vraie une donnée fausse. Où était la vérité, alors?

La situation déplorable dans laquelle se trouvaient les Kikongos la touchait profondément et elle savait qu'elle ferait tout pour les libérer. Elle était sûre qu'avec l'aide de Winifrid et du Pookah, ses compagnons et elle réussiraient à les remettre en liberté. Elle se demanda si elle serait capable de tuer un Homme pour libérer un Nain. Et elle s'entendit répondre « oui » sans hésiter.

Surprise par sa propre réponse, elle avança d'un pas plus ferme, s'endurcissant mentalement pour entrer en guerre.

LEXIQUE

Affé : Nain, un des cinq enfants de Mama Mandombé, à l'origine d'une des cinq familles de Nains. Emblème : la sphère, représentée à plat par un cercle.
Afo : Naine, soeur jumelle de Keyah.
Akil minéral: une des trois Terres singulières. Signifie *intelligence* en baalâa. Peut capter une propriété intelligente et la partager avec son possesseur. La Pierre des voyages est en Akil minéral.
Alanag : Dryade.
Aligo : Nain de la tribu des Affés.
Asa Gaya : Licorne mâle à la robe noire.
AtaEnsic : Licorne femelle ayant perdu sa corne, amie de Mfuru.
Awah : Naine, chef du village de Ngondé.

Baalâa : langue sacrée des Nains.
Babah : Nain, ami de Mukutu.
Bamako : village de la côte, proche des collines de Koulibaly.
Bandélé : Nain, fils de Matilah. Amoureux de Nihassah dont il est le frère de lait.
Batoli : Nain de la tribu des Affés.

Batuuli : Naine, mère de Nihassah, épouse de Mukutu, décédée.
Bikendi : Salamandar.

Chinaka : galerie traversant Sangoulé et débouchant sur la mer, dans l'ancien territoire des Kikongos.
Cristal de Mwayé : une des trois Terres singulières. Signifie *lumière* en baalââ.

Dikélédi : fille de Ɖoumyo et Mvoulou. Née dans la forêt de Nsaï, à la suite d'une farce de Pookah. Sœur de Yédo et Léké.
Dilys : Dryade.
Dofi : Nain originaire de Ngondé.
Ɖoumyo : épouse de Mvoulou, mère de Yédo, Léké et Dikélédi.
Dryades : jeunes filles de la forêt de Nsaï, dont la vie est reliée à un arbre, le plus souvent un chêne.

Eribatasuna : Sangoulé, dans le langage des Salamandars.

Fikayo : lac souterrain, proche de Jomo.

Gaïg : fille, âgée de dix ans. Appelée **Wolongo** par les Nains en baalââ ou **ToneNili** par les Licornes, en tawiskara. Les deux noms signifient *Fille de l'Eau*.

Garin : homme qui a recueilli Gaïg avec Jéhanne.

Gemme de Maza : une des trois Terres singulières. Signifie *eau* en baalââ. Apprivoise l'eau.

Gnahoré : Nain, un des cinq enfants de Mama Mandombé, à l'origine d'une des cinq familles de Nains. Emblème : le cône, représenté à plat par un cercle surmonté d'un triangle.

Gotoré : Nain, ami de Mukutu.

Guillaumine : enfant du village de Gaïg.

Ihou : Troll habitant les profondeurs de la terre, se nourrissant de pierres la plupart du temps, mais néanmoins friand de Nains.

Irénice : enfant du village de Gaïg.

IyaTiku : Licorne spécialiste des venins.

Jéhanne : femme qui a recueilli Gaïg avec Garin.

Jaro : Nain originaire de Ngondé.

Jomo : village souterrain de Nihassah.

Kabenguélé (caverne de) : caverne se trouvant dans Sangoulé.

Kalenda : jeune Naine qui capture un Pookah en train de lui dérober ses bijoux.
Kanyangokoté (caverne de) : dans les monts d'Oko, caverne donnant sur la galerie de Wokabi, juste avant la sortie.
Keyah : Naine, sœur jumelle d'Afo.
Kikongo : Nain, un des cinq enfants de Mama Mandombé, à l'origine d'une des cinq familles de Nains. Les Kikongos sont surnommés les Nains des sables. Emblème : la pyramide, représentée à plat par une étoile à quatre branches.
Kikuyu : Nain originaire de Ngondé.
Koulibaly (collines de) : région où se sont réfugiés les Gnahorés lors du Premier Exode.

Léké : fils de Doumyo et Mvoulou, frère de Yédo et Dikélédi.
Licornes : créatures vivant dans la forêt de Nsaï, semblables à des chevaux portant une corne unique au milieu du front. Cette corne, torsadée chez les femelles, a la propriété d'absorber les poisons.
Lisimbah : Nain, un des cinq enfants de Mama Mandombé, à l'origine d'une des cinq familles de Nains. Emblème : le cube, représenté à plat par un carré.
Loki : Pookah vivant dans la forêt de Nsaï.

Maïalen : Salamandar, mère de Txabi.
Mama Mandombé : la Déesse Magnifique, Mère de tous les nains à travers ses cinq enfants, (Affé, Gnahoré, Kikongo, Lisimbah, et Pongwa) aussi surnommée la Reine des Nains par Gaïg
Matilah : Naine, mère de Bandélé, mère adoptive de Nihassah.
Mfuru : Nain. Son nom signifie *la Tortue* en baalââ. Devient l'ami d'AtaEnsic.
Mongo : Nain, chef de la tribu des Affés.
Mukutu : Nain, chef du village de Jomo, père de Nihassah.
Mvoulou : Nain, époux de Doumyo, père de Yédo, Léké et Dikélédi.

Nahia : monstre des eaux, chez les Salamandars, équivalent de la Vodianoï chez les Nains et de la TicholtSodi chez les Licornes.
Nains des sables : surnom des Kikongos qui habitaient le sud de Sangoulé, près de la mer, parce qu'ils exploitaient les sables aurifères des rivières qui descendent des montagnes de Sangoulé.
N'Dé (pays de) : nom du pays où se trouvent les habitants de ce monde.
Ngondé : village de Dikélédi, Doumyo et Mvoulou.

Nihassah ou **Zoclette** : Naine, amie de Gaïg. Fille de Mukutu et de Batuuli. Nihassah signifie *Princesse Noire* en baalââ.
Nsaï (forêt de) : forêt où vivent les Dryades et les Licornes.
Ntangu (caverne de) : caverne dans laquelle les Nains entreposent leur trésor. Il faut être au moins cinq pour y aller, afin d'éviter que naisse un malencontreux désir d'enrichissement personnel.
Nyamey : monnaie en vigueur dans le pays de N'Dé. Un nyamé vaut un soixantième d'okou.
Nyanga : Minerai sacré. Signifie *soleil* en baalââ.

Oko (monts d') : les Nains y ont trouvé refuge après le Premier Exode.
Okou : monnaie en vigueur dans le pays de N'Dé. Un okou vaut soixante nyamés.
Olokun : Esprit de l'Eau chez les Nains, père de Yémanjah.

Patxi : Salamandar.
Pélage : enfant du village de Gaïg.
Pelée (montagne) : volcan central des pitons de Wassango-Kilolo.
Pierre des voyages : en Akil minéral, permet de communiquer avec les différents peuples.

Pongwa : Nain, un des cinq enfants de Mama Mandombé, à l'origine d'une des cinq familles de Nains. Emblème : l'œuf représenté à plat par une ellipse avec un cercle à l'intérieur.
Pookah : lutin des bois, plaisantin et farceur.
Premier Exode : période durant laquelle les Nains, à cause du volcanisme, quittent les montagnes de Sangoulé pour les monts d'Oko.

Ramuntxo : Salamandar.

Salamandar : créature amphibie peuplant les souterrains. Les Salamandars sont réputés pour leur intelligence fine et aiguë. Le pluriel de Salamandar est **Salamandarak** en langage salamandar.
Sangoulé : chaîne de montagnes. Pays d'origine de tous les Nains, abandonné pour les monts d'Oko lors du Premier Exode, à cause de l'activité volcanique qui s'y est développée.
Sémah : ancienne galerie qui va des sources chaudes de Tcolawitsé à Sangoulé.
Séméni : chef de la tribu des Pongwas.
Seyni (caverne de) : premier emplacement du village de Ngondé.

Tawiskara : langue des Licornes.

Tchitala : Naine Affé.
Tcolawitsé : sources chaudes, dans la forêt de Nsaï.
Témidayo : Nain, accompagne Gaïg chez les Licornes, avec Mfuru.
Terres singulières : pierres possédant des propriétés particulières. Il s'agit du Cristal de Mwayé, de la Gemme de Maza, et de l'Akil minéral.
TicholtSodi : monstre des eaux, chez les Licornes, équivalent de la Vodianoï chez les Nains et de la Nahia chez les Salamandars.
ToneNili: Gaïg, pour les Licornes. Signifie *Fille de l'Eau* en tawiskara.
TsohaNoaï : Reine des Licornes. Signifie *soleil* en tawiskara.
Tweedledum : Pookah vivant dans la forêt de Nsaï.
Txabi : bébé salamandar confié à Gaïg par sa mère, Maïalen.

Vodianoï : créature aquatique repoussante, dégageant une forte odeur de putréfaction. La morsure de la Vodianoï est généralement mortelle. Ceux qui en guérissent sont immunisés à vie contre les poisons. Équivalent de la TicholtSodi chez les Licornes et de la Nahia chez les Salamandars.

Walig : chêne allié à Winifrid, dans la forêt de Nsaï.
WaNdéné : Nain, grand prêtre des Affés.
WaNgolo : Nain, grand prêtre des Kikongos.
WaNguira : Nain, grand prêtre des Lisimbahs.
WaNkoké : Nain, grand prêtre des Gnahorés.
WaNtumba : Nain, grand prêtre des Pongwas.
Wassango-Kilolo (pitons de) : région où se sont réfugiés les Pongwas et les Affés lors du Premier Exode.
Winifrid : Dryade, alliée du chêne Walig.
Wokabi : galerie qui relie le village de Jomo à la forêt de Nsaï.
Wolongo : Gaïg, en baalââ. Signifie *Fille de l'Eau*.

Yédo : jeune Nain, fils de Doumyo et Mvoulou, frère de Léké et Dikélédi.
Yémanjah : signifie, en baalââ, *Mère-dont-les-enfants-sont-des-poissons*. Fille de Mama Mandombé et de son frère, Olokun, qui est l'Esprit de l'Eau. Première Sirène. Aïeule de Gaïg.
Yolkaï Estan : déesse de la mer, pour les Licornes, équivalent de Yémanjah chez les Nains. Aïeule de Gaïg.
Yoruba : rivière qui traverse les montagnes de Sangoulé du nord au sud.

TABLE DES MATIÈRES

Prologue	13
Chapitre 1	17
Chapitre 2	31
Chapitre 3	45
Chapitre 4	57
Chapitre 5	69
Chapitre 6	79
Chapitre 7	91
Chapitre 8	103
Chapitre 9	115
Chapitre 10	123
Chapitre 11	135
Chapitre 12	147
Chapitre 13	161
Chapitre 14	167
Chapitre 15	175
Chapitre 16	181
Chapitre 17	189
Chapitre 18	205
Chapitre 19	219
Lexique	231

LA PROPHÉTIE DES NAINS
TOME I

LA FORÊT DE NSAÏ
TOME II

Ce document a été imprimé sur du papier contenant 100 % de fibres recyclées postconsommation, certifié Écolo-Logo et Procédé sans chlore et fabriqué à partir d'énergie biogaz.

Ce tirage aura permis, à lui seul, de sauver l'équivalent de 41 arbres matures.